山影の町から

Une ville dans la pénombre des montagnes

笠間直穂子

Naoko Kasama

河出書房新社

山影の町から　目次

常山木　7
巣箱の内外　10
ふきのとう　16
虫と本能　21
葛を探す　25
山の向こう　31
モノクローム　37
野ばら、川岸、青空　43
金木犀　50
霧と海　54
ダムを見に　56
荒川遡行　66
斜めの藪　72
草の名　77
バタースコッチ　83
サルビア・ガラニチカ　88

車輪の下 96
雲百態 102
田園へ 110
土の循環 120
よそに住む 128
本棚のある家 134
庭の水 140
山にたたずむ 148
理想郷 157
花々と子供たち 169
株分けと民話 177
十代の読書 186
消される声 196
風の音 205

参考文献一覧 217

写真＝著者
装幀・組版＝佐々木暁

山影の町から

常山木

秩父へ越してきて一年近く経った八月のある日、開けた窓から風に乗って流れこんだ爽やかで甘い濃厚な匂いには覚えがあった。ジャスミンをより野性的にしたような香りが暑く湿った空気に充満して、嗅いでいるとちょっと朦朧《もうろう》としてくる。家の裏の藪か、その藪を下ったところにある公園から来ていると目星をつけて、たしかめに行くと、藪と公園の境目に並んで生えた低木に、淡い紫がかったピンクの花房がついていて、これが正体だった。

その数年前、高知に用があったついでに宿毛《すくも》を訪れた。九月初めで、台風が何日も付近に停滞していた。宿毛に足を延ばしたのは、大原富枝の『婉という女』の主人公である野中婉が幽閉されていた、かつての陸の孤島にして流刑地だから、という以上の理由はなかったので、予定があるわけでもなく、ただやみくもに歩いた。宿毛湾にある小さな島を意味もなく一周しているとき、なにかの花の強い匂いが、台風の気圧とともに押し寄せてきた。なんの花だかわからないまま、空気の重さに酔ったようになって歩いていた。

波止場に出て、地元の小学生に、釣りあげたばかりの小さな透き通ったイカを見せてもらったのは、その前だったか、後だったか。ともかく、あのときの匂いはクサギだったことが、秩父へ来てわかった。

クサギは臭木とも常山木とも書く。全国に見られる落葉小高木で、葉を触ると臭気があるというが、悪臭というほどではなく、ビール酵母のような匂い。秋になる青い実は染料になるというし、暗い葉の色も好きなので、家の庭にも生えるといいな、生け垣にならないかなと思っていたら、なぜか翌年あたりから敷地の端に本当に並んで生えてきて、なにもしていないが生け垣になった。そして夏になると、すぐ近くから、匂いが漂ってくるようになった。

*

なぜ東京から秩父に引っ越したのかと、よく聞かれる。答え方はいろいろあるが、いい匂いを嗅いでいたかったという理由は大きい。下水と排気ガスとセメントとアスファルトと樹脂と化学薬品と吐瀉物の臭いが逃げ場をなくして巨大な擂り鉢の底に溜まっているのは、そのなかに潜ってしまう快楽があるのも真実だが、呼吸は浅くなる。

夜、帰ってくると、電車を降りた瞬間に山の匂いがする。周りが真っ暗でも、戻ってきたなと匂いでわかる。自転車を漕ぎ出せば、冷たい風とぬるい風が交互に吹き、人間活動の残り香は草に呑みこまれていく。

巣箱の内外

なにが直接のきっかけで、昨春、小鳥の巣箱を設置したのかは思い出せない。前から、そのうちに、とは思っていた。

シジュウカラ用に直径二八ミリの円い穴のついた木製の巣箱キットを買い、組み立てる。垂直ないし少し手前へ傾いだ木の幹で、天敵に襲われる原因となる横枝が少なく、穴からの見通しがよいところへ、という説明文どおりの場所を探し、シラカシの大木の幹、地上三メートルほどの位置に取りつけた。もう四月に入っていたはずだから、巣箱をかける時期としては、だいぶ遅い。

巣箱を置けば、かなりの確率でシジュウカラが入る、とは聞いていたものの、そううまくは行かないだろうという気持ちが、たぶんどこかにあって、取りつけたきり放っていた。シジュウカラが巣箱に出入りしていることに気づいたのは、五月あたまになってから。そのときには、もう雛はかえっていた。親が給餌のためにせわしなく行き来するので、目に留まったのだ。巣箱に近づくと、雛たちの小さな鳴き声がする。

仕事の合間に、二階の窓から巣箱を見おろす。親が餌をくわえて戻るときに、いきなり巣箱に向かわず、近くの枝に留まって様子を確認していることなども、わかってきた。

ある日、親が突然、シジュウカラにしては相当に大きな声で鳴き出した。シラカシの近くに

あるウメの大木から、連れ合いに呼びかけているようだ。窓ごしに巣箱のほうを見てみると、木の根元にネコがいた。うちには近所のネコが大勢出入りするけれど、この若いキジトラ白はやんちゃで、ウメの木に登っておりられなくなったり、わたしがシャベルで穴を掘るのを興味深げに眺めたりしていたので、見覚えがある。

急いで庭へ出て、こら、と言うと、慌てたのか、木から離れるのではなく、どんどん木に登り、巣箱の裏側を通り越して、ずいぶん上まで行ってしまった。こんなに簡単に巣箱の位置まで登れるのでは、いつ雛がやられるかわからない、という不安と、また木からおりられなくなっているのではないかという、おかしいような気持ちが入り交じりつつ、しばらく見あげて睨み合ったが、埒《らち》があかず、結局あきらめて家に戻った。しばらく経ってたしかめると、ネコはおりていなくなり、鳥は無事だった。

さらに数日経ったある日、気がつくと、あたりが静かになっていた。頻繁に餌やりに来ていた親が一向に来ない。近寄って耳を澄ませたが、雛たちの鳴き声は聞こえなかった。脚立を出して、おそるおそる、蓋を開けて中を覗くと、だれもいなかった。

巣を取り出して、玄関先に置く。乾いた苔を厚く敷いた上に、白い獣毛が綿を薄く広げたように載っている。ネコはシジュウカラの天敵だが、ネコの毛は巣づくりの材料なのだ。汚れはひとつもなく、苔の爽やかな匂いがする。餌を運び入れるとき、代わりに雛の糞を運び出して、つねに巣を清潔に保つのだそうだ。触ると、表面はふわふわで、押すと苔の適度な弾力があり、自分も小さくなってここに寝たい、と思うほど、心地よかった。

＊

この時点で、すでに五月半ば。子育ての季節はおおむね終わっているはずだけれど、巣箱は年中かけておけば休憩所にもなるそうなので、掃除をして、またかけておいた。

五月末、シジュウカラが新たに、巣箱に苔を運びに来ているのを発見して驚いた。前と同じ個体なのか、別なのかはわからない。もう時期が遅すぎるのではないかと思ったが、せっせと巣をつくっている。

今度は、卵を産んで温める段階から観察できると思い、時々、窓から見おろした。さえずりがよく聞こえてくる。巣づくりから抱卵まではすべて雌の仕事で、雌に付き添う雄がさえずるのだという。そろそろ、一日に一個ずつ、卵を産んでいるのだろうか。

ところが、一週間ほど経ったころから、雄が来なくなった。そして雌のほうは、巣箱にいることはいるのだが、穴から顔を出していることが多い。しばらく見回しては、首を引っこめるのを繰り返している。困っているようにも見える。

中をたしかめたほうがいいのか、とも思うが、放棄されてはいないので、なかなか決心がつかない。梅雨が近づき、雨の日が増えた。そして、遠目にも、穴の周囲がなにか汚れているような感じになってきた。親の姿を見る機会も稀になり、とうとう観念して、巣箱を開けることにしたときには、もう六月末になっていた。

脚立にのぼって、巣箱に近づくと、穴の周囲に小バエがたかり、甘ったるいような腐臭がする。蓋を開けると、中は暗くてよく見えないが、白い獣毛の中心に、黒い、円い穴が穿《うが》たれている。黒い円のなかに小さな白っぽいものが多数蠢《うごめ》いているのは、小バエのウジだろう。ブラックホールみたいだ、と思った。吸いこまれる。

　巣の全体がじっとりと濡れているのに気づいて、見あげると、巣箱の少し上にある枯れ枝の根元が裂けて、その裂け目の先端が、ちょうど巣箱の蓋の真上に来ていた。枝を伝う雨が裂け目に溜まり、巣箱に落ちていたのだ。巣箱の底に空いている排水用の隙間も、濡れた苔や汚れで詰まっていた。取り外して、中身を捨てて、洗う。酸素漂白剤に二度漬けて、ようやく臭いは薄れてきた。ふたたび脚立に戻って、枯れ枝を伐ると、裂け目には小型のアリが巣をつくっていて、アリと、アリの卵がぼろぼろと落ちた。

＊

　シジュウカラの雛たちが巣立った五月、菊畑茂久馬《きくはたもくま》が亡くなった。美術作家としてのみならず、書き手としても唯一無二の存在だったと詩人のHさんから教わり、著作集を手に入れた。出色と教えられた、母の凄絶な死にまつわる文章はもちろん、五島列島で過ごした幼少期、敗戦前後の福岡のことなど、個人的な記憶を綴ったエッセイは鮮烈で、忘れがたい。

　反復されるテーマのひとつに、殺生がある。焼け跡が広がる博多の街で、子供たちはみんなウサギを飼った。世話をし、つがわせて増やし、屠《ほふ》って皮をむいて肉にするところまで、子供の仕事。その後も、福岡で畑仕事をしながら創作活動をつづけた菊畑は、よく動物を飼った。そして、家のハトが近所の苦情の種になれば、もう飼えないからと食いつくし、よく乳を出してくれた雌ヤギが老いれば、ライオンの餌になるのを承知で動物園に送った。

それは、かわいがっていなかった、ということではない。残虐、というのとも、違う。ウサギの柔らかい毛をなでることと、その皮を裏返す感触をたしかめることは、この場合、ひとつながりなのだと思う。物事を、表から見て、次に裏から見る、というような。無論、動物の苦痛を軸に考える今日の立場からすると、その具体的な殺し方には容認しがたい面があるだろうけれど、少なくとも、菊畑の態度には、生命の表と裏を一貫して引き受ける誠実さがある。きれいなものと汚いもの、見えるものと隠れているもの、慕われるものと疎まれるもの、生きるものと死ぬもの。その死を通じて、別のものが生き延びることもある。

わたしはシジュウカラに産卵の場を提供したが、同時に、鳥を襲うネコやヘビにも、彼らなりの生活がある。育たなかった卵を食べるウジも、それはそれで、生物の循環の一部をなす。生きものの多い場所で暮らすというのは、そうした環境を受け入れることでもあるだろう。巣箱をかけた最初の年に、一度目は表、二度目は裏と、両方を経験できたのは、幸いだった。

ふきのとう

庭にフキノトウがふたつ、顔を出した。これから、どんどん増える。去年、向かいの家の華道の先生、Tさんと話していて、フキノトウが好物と知ったので、今年は少し分けようと思っている。

Tさんは、昨春、タケノコをくれた。昨年はタケノコが豊作だったらしく、わたしは三人からもらったのだが、互いに示し合わせたかのごとく、ちょうどひとつ食べ終わるころに、次のが届いた。最初は、喫茶店の店主Hさんで、別の用でうちへ寄ったついでに、自分で水煮にしたのをくれた。次が先のTさんで、これも下拵えの済んだものを、たしか、付き合いのあるお寺でもらったからと言い添えて、くれた。最後は、隣家のWさんで、ちくわと一緒に煮つけたのを届けてくれた。

Wさんは、フキノトウは苦手だが、フキは好きなので、茎が伸びてきたら収穫して、玄関先に置く。フキのあとは、ミョウガタケも分ける。フキもミョウガも、うちには生えているが、隣にはない。他方、隣の家には柿やキウイがあって、あまり食べないからと、くれる。貸している農地の借り手がたくさん持ってきたからと、タラの芽を分けてくれたこともある。

こうやって、ものをあげたり、もらったりする例は、書き出せばきりがない。野菜も来るし、まんじゅうや豚肉の味噌漬けのような加工品も来る。猟をする親戚が獲ったというシカとイノシシの肉も、もらったことがある。まだこの土地に数年しか住まず、たいして知り合いもいない自分ですらこうなのだから、地元に生まれ育った人々のあいだでは、もっとたくさんのものが飛び交っているだろう。喫茶店主のOさんは、贅沢を言わなければ、もらったものだけでなんとか生きていけるんじゃないか、と言っていたが、それだけで、というのは大袈裟だとしても、そう言ってみたくなる環境があるのは間違いない。

＊

茶農家である宮崎の母方の本家からは、毎年、暮れに必ず贈答用のポンカンが届く。夏にはマンゴー、冬にはキンカンが送られてくることもある。もちろん、緑茶はつねに伯父のつくった茶葉を淹れる。さらに、東京に住んでいたころは、時々、家庭菜園の野菜や地場産の食品を、伯母が詰め合わせて、送ってくれていた。

箱詰めも体を使うから、相当な歳になった伯母は大変なようだ、と母から聞く。苦労とお金をかけて送ってもらうばかりでは悪いから、一定の謝礼を払って定期便にすればいいのではないか、などと考えたこともあったが、いま思えばなんと浅はかな「都会者」の考えだろう。

はっきりと、そう気づいたのは、まだ都内に住んでいた時分、一週間ほど伯母宅に滞在したときだった。大人になってからは滅多に行くこともなく、帰省というよりは旅行の気分でいるこちらは、「地方」に来ているのだから、なるべく現地の利益になるように、ものを買おうと思っている。ところが、伯母は、わざわざ無駄なお金を使うことはないからね、と言って、出かけるときのお茶まで用意してくれる。

いわゆる「お金を落とす」ということを、気持ちのよいこととは受け止めていない感じが、伝わってきた。観光客が来て金を遣っていくことを、あえて否定はしないし、県の宣伝としてつくられたものについては、東京のひとなどは喜ぶのだろうと先回りして入手してくれることもあるが、それはあくまで外向きのものであって、自分たちの日々の生活とは切り離されている。経済的には関係があっても、心情的には関係がない。

だから、わたしが道の駅で売っているようなものを買うときには、ふうん、と興味なさげな伯母だったが、他方、わたしがだれかにものを贈ることと、死者に挨拶することについては、喜んだ。仏壇に手を合わせる、墓参りをする。当時施設にいた祖母に会いに行くときは、祖母への差し入れだけでなく、職員一同あての手土産も持参するようにと勧めた。わたしがもっていって、祖母がお世話になっていますと言って渡すことに、意味がある。

旧弊だろうか？　しかし、小学校教員を長くつとめた、ざっくばらんな伯母は、形式を求めているのではない。たしかなのは、金を払うよりも、墓に水をかけたり、手土産を第三者にあげたりするほうがずっと、ポンカンやマンゴーやサツマイモに対する返礼になる、ということだ。

＊

等価交換は、その場で交換を完了させることで、交換する両者の関係性を即座に断ち切る。

これに対し、贈与のさまざまな形態は、贈り物とお返しのあいだに時間差を設けたり、贈り物を多数の人間のあいだに循環させたりすることで、関係性を長引かせ、社会の成員間の結びつきを保証する重要な要素となりうる。山田広昭の『可能なるアナキズム』で議論の前提として示される交換と贈与の基本を、ごく単純にまとめれば、おおむねこういうことになるかと思うが、このような、等価交換に対立するものとしてある贈与の仕組みは、大都市圏以外に暮らしていれば、まったくの日常として実感される。

秩父の若い農家Aくんが、たくあんが漬かった、というので、分けてもらいに行く。ここのたくあんはおいしいから今年もぜひと、あらかじめこちらから頼んであった以上、買うつもりで行くのだが、金を受けとろうとはしない。「そういうんで作ってるんじゃないから」と言う。本音だろうと思うので、いただいておく。

保存食を仕込むにも、祭事の準備をするにも、こうした家では、自分の分だけ、家族の人数分だけ、ということはありえない。かつては年に一度、近所で道具を貸し合って醬油をつくったもので、その時期になると集落じゅうにいい匂いが漂ったと、Aくんのおじいさんが話してくれたことがあるけれど、たぶん、その感覚は、完全には消えていない。このくらいは仕込むものだと体が覚えている分量を仕込むのであって、その場合の分量は、共同体が基準となっている。現代だから、関係のない者には価格をつけて売ることもあるが、共同体の側にある者に対してそうするのは、落ち着かないのだろう。

無論、昔の村落共同体の厳しいしがらみを復活させようとは露ほども思わない。しかし、フキノトウが出れば、あのひとにあげよう、と連想するような日常を送っていると、互いに声をかけ合い、ものを贈り合うことでまわる社会には、それなりの可能性があるはずだ、とは思う。ものを買わなくてもなんとか食べていけるかもしれないと思ってしまうほど、生産物も、人間関係の網目も豊かなのに、全国規模のチェーン店のような消費喚起装置がそろわないからといって「田舎だから、なにもない」と言わせ／言わされつづける、そのような物事の見方に、付き合う必要はない。

虫と本能

朝はまだ冷えるとはいえ日があたれば暖かくなり、オオイヌノフグリやヒメオドリコソウが咲き出す三月半ば、コリアンダーの種をまいたところへ水をやっていたら、草の上にチョウがとまった。ずいぶん早いと思ったけれど、あとから調べるとキタテハという種で、成虫になってから冬越しするので、気温があがるとすぐに出てくる。食草のカナムグラが、家の裏にたくさん生えているから、そのあたりに潜んでいたのだろう。

花が咲き出せば、かならず虫もやってくる。虫が増えると、虫を食べに小鳥が来る。庭にはウメの大木があって、ケムシがつくし、ユズにはアゲハチョウが卵を産みつけるから、昆虫を大量に食べるシジュウカラのような鳥にとって、ここは餌を見つけやすいに違いない。アゲハは、夏になるとクサギやヤブガラシの花を好んで吸うが、これらも裏に群生している。

虫が得意、とまでは言わない。室内で出会えば、飛びすさったり、思わず声が出たり、外へ出そうとして手が震えたりすることもある。そのような反応をもって「生理的」ないし「本能的」と呼び、断固たる拒否の根拠とするのが、こと虫に関しては通例なわけだけれど、わたし自身は実のところ、生まれながらに虫のたぐいが苦手だったわけではない。

越谷に住んでいた幼稚園児のころは、チョウを捕まえて指を鱗粉で汚したりしていたし、狭い庭で、石塀の地際《じぎわ》にくっついているジグモの巣の端をはがして、くもさん、くもさん、出てきなんせ、と唱えながら、細長い巣が途中で切れないようゆっくり引っ張り出すという遊びも、母親に教わって、やっていた。それに、市民農園も借りていたから、畑でさまざまな虫に出会っていたはずだ。「生理的」であるかのように虫の出現に対し反射的に体が動くのは、いつの間にか習い覚えたしぐさにすぎない。生理的ではなく、文化的なものだ。

*

生理や本能と思われているものは、しばしば文化的なものである、あるいは少なくとも文化的な要素に左右される。とりわけジェンダー論を通じて、こうした考えは一般論としてそれなりに共有されるようになってきている、とは思うのだが、とはいえ、個別の現象については、指摘されてはじめて気づくことも多い。

たとえば以前、フランスとイタリアに長く暮らした文学研究の友人Mに、日本の女性は総じて声が高い、これは文化的なものだと思う、と言われて、すぐには納得できなかった。声の高さは体の問題ではないかと、とっさに思った。でも、意識してみると、自分の出せる声のレンジのなかで、どの辺を発話に使うかは、ある程度調節できて、思い返せばわたし自身、女同士で「はしゃぐ」感じで話すときや、電話で未知の相手に形式的な台詞で応答するときは、かなり高めに発声を設定している。また、フランス留学中、韓国人の友人Jと一緒にいるときは、お互い低めの地声で話していて、それがとても楽だった、ということも思い出した。日本社会において女性がどのようなものと規定されてきたかに、声の高さは関わっているのだろう。

どんなときに涙を流すか。どんなときに吐き気を催し、あるいは実際に吐くか。鳥肌が立つ、叫ぶ、尿意を催す。身体のレベルで生じることは、身体のレベルだからといって、あらゆる人間において同じように生じるとはかぎらない。人間の「本能」は、自分を取り巻く社会との関係において、調えられていく。

＊

あれはなんの雑誌だったか、特に著名人というわけではない数人が、かつて自分の住んでいた家について、間取りを示しつつ語るという記事があり、そのなかで、養蚕家出身のひとが、蚕に影響が出るので蚊取り線香は厳禁でした、と述べていた。言われてみれば当たり前なのだが、目の覚める思いがした。秩父をふくむ養蚕地域では、お蚕さまが、つまりは虫が、もっとも大事にすべき稼ぎ頭であって、蚊を殺そうとすれば、彼らも弱ってしまうのだ。

虫を見れば震えあがり、ほとんどのものに無害なばかりか、なかには土を豊かにしたり植物の受粉を助けたりするものもいるのに、大騒ぎをして殺すまでは気が済まない、という「本能」がつくられたのは、そこまで遠い昔の話ではない。内山昭一『昆虫食入門』に、明治以降、つまり蚕の活躍とまさに同時期、「害虫駆除」の実践が国家主導で推進され、さらに戦後の「衛生」観念が、虫嫌いの一般化に拍車をかけた経緯が簡潔に示されている。その後の半世紀で、日常的に接する虫の種類と数がきわめて少ない都市の住環境が広がるにつれ、虫に対する「生理的嫌悪」は、極端化している気がする。

秩父に住んでいる、と話すと、わたしは虫が駄目だから無理、と即座に遮断されることが、思った以上に多い。絶滅してほしい、といった攻撃性を見せるひともいれば、自然が好きなのに残念、とまるで宿命であるかのように悄然とするひともいる。アレルギー反応のような器質的な障害がある場合も、もちろんあるのだが、大抵は、体質の問題ではなく、しかしそうであるかのようにふるまうのが共通了解となっている、というより、本人にとっては実際そのように認識されているため、こちらからなにかを言うことは難しい（言えば、嫌がらせになりかねない）。それにしても、土のある場所に暮らすことには、よい点にせよ悪い点にせよ、無数の要素がふくまれるはずなのに、「虫」の一点をもってすべてが否定されてしまうのは、個々人というよりは、そうした言説が流通する社会に、なにか歪みがあるように思われてならない。

裏庭の土の上を、ムカデがするすると通っていく。やはり一瞬、どきりとするのだが、そのなめらかな移動を眺めてみると、家のなかに「出た」ときの不気味な印象とは違って、色合いも質感も動き方も、周囲に馴染んで、活き活きとしている。こちらが本来の姿なのだな、と思う。そうした姿を見慣れてくると、特に仲良くなりたい相手ではないにしても、だからといって、死んでしまえばいい、とは思えない。

葛を探す

去年の九月初旬、継続的に秩父を撮影している写真家のOさんと大滝をまわった。いつか泊まろうと思っていたTさん経営のゲストハウスに一泊し、翌日は両神山《りょうかみさん》へ行こうかと話していたのだけれど、降ったり止《や》んだりの不安定な天気なので諦め、御岳山《おんたけさん》を途中まで登ることにした。一時は霧につつまれた山歩きの帰り道、舗装された車道まで出て坂道を下っていると、なんとも言えず品のよい芳香が運ばれてきた。甘く、濃いのだが、野性味はなく、まるみと温かさのある匂い。出どころを探すうち、足元に赤紫色の花弁が散っているのにOさんが気づいた。一緒に真上を見あげると、垂直の擁壁をまんべんなく覆う幅広の葉の合間に、地面に落ちているのと同じ赤紫の、藤の花を上向きにしたようなかたちの花房があり、下半分はすでに茶色く枯れている。写真に撮り、あとで調べたところ、クズだった。花の匂いは、ぶどうやワインの匂いと表現されることもあるようだ。

クズは、日本全土に分布するマメ科の多年草。根から採ったデンプンで葛餅や葛切りなどの和菓子をつくる、あのクズで、秋の七草にも入っている。また、漢方薬の葛根湯《かっこんとう》は、文字どおりクズの根を乾燥させたもの。非常に親しみぶかい草のはずなのに、植物としての形状を知らずにいた。葛粉とも、葛根湯ともずいぶん感じの違う、あでやかな色と香りの花だった。

けれども、今日、この植物の第一の特徴として挙げられるのは、花の美しさではない。クズは、つるをどんどん伸ばして成長し、壁があれば伝い、なければ地面を這って根をおろしながら進出する。際限なく「はびこる」ので管理が難しいとされ、インターネットで検索すると、薬品を使った駆除の指南があれこれと掲載されている。また、日本から海外に持ち出されて野生化した結果、世界各地で他の植物を圧迫するほど繁茂しており、とりわけアメリカ合衆国では南部を中心に広がる「侵略植物」として悪名高い。環境保護団体のウェブサイトなどで、樹木も建築物もふくめ風景全体が、あたかもクリストの環境芸術作品のごとく、すっぽりとクズの絨毯に覆われた写真を見ることができる。

日本では、セイタカアワダチソウ、セイヨウタンポポ、より最近ではナガミヒナゲシといった「外来種」が、日本の在来植物を脅かすとして、駆除の対象となってきた。環境保護の名目で、こうした植物を「除草」する活動には、わたしの友人も善意から参加したことがある。さらには、野草のうち外来種だけに印をつけて引き抜いていくワークショップなどもおこなわれているようで、指導する造園家が、外来種の野原は色が濃い、在来種のほうが淡い優しい色をしているといったことを述べるのも目にしたが、そのように外来種・在来種を対立させ、後者について一律に肯定的な評価をあたえるのは、発言者の意図はどうあれ、排外主義にまっすぐつながっていく。

「外人」は(と、こうしてあらためて字面を眺めるにつけ、なんとひどい言葉だろうと思う

が)、おしなべて雑で、主張が強く、無遠慮であり、対して繊細で控えめで思いやりのある「日本人」はつけこまれやすい、という、それ自体すでに差別的で高慢な自己認識は、日本という国の攻撃性を裏から支えてきたもので、今日なお衰える気配を見せないが、まったく同じ物言いが、動植物の外来種をめぐる固定観念に、あからさまに反映されている。

古来より国内で愛され利用されてきた植物であると同時に、色が濃く、繁殖力が強く、鮮やかな色と香りの花を咲かせ、日本から海外に持ち出されて「猛威をふるう」クズ、という存在は、この国に蔓延する排除の言説の前に立ち止まるきっかけとはならないだろうか。

＊

ジル・クレマンの『動いている庭』には、まさに「侵略的」とされる植物の一例として、クズが登場する。ただし、こうした植物が「生態系を破壊する」という言説に、クレマンはくみしない。「実のところ侵略とは、ある生態系のなかで、そのときまで空いていた場所を占拠することでしかない」し、群落が形成されるのは多くの場合、過渡的な段階であって、その後、群落の衰退とともに、土地は安定した極相状態に向かっていく。クズがはびこったが最後、ずっとそのまま、ということは考えにくいのだ。実際、完全に一種類の植物のみが広範囲に育ちつづける環境が存在しうるとすれば、それは人間のつくった農地以外にはありえないだろう。

クレマンは、「侵略的」な植物については、その働きを受け入れつつ、ある程度の管理や方向づけをおこなうこともできるはずだと述べた上で、こうつけ加える――「侵略的外来種を撲滅しようとすることは、この侵略の働きの前に屈したことを認めることに他ならない。というのも、それはわたしたちの現在の知識が暴力にたよる以外の手段を知らないことを示しているからだ」。

また、彼は、多様な植物が年ごとに自由に庭のなかを移動していく「動いている庭」をつくるにあたり、多品種の野草の種を混合したものをまくことを提案するが、それらの種のなかには外来種がふくまれている。この点を非難するであろう人々に向けて、彼はおおむね次のように説明している。

用意される種のブレンドは、さまざまな環境条件に適した植物を組み合わせてある。まいた種の要求する条件が、まかれた土地と合わなければ、その種は芽を出さない。温度、湿度、日照、その他無数のふるいにかけられて、それでも発芽したならば、原産地がどこであろうと、その植物はその土地の現実の一部となる。外来種か在来種かで選抜するのは、「自然を尊重すると言いながら、突如としてイデオロギーに従わせることだ」。

こうした書き方から、外来種の敵視が人間世界の排外主義に直結するものであると、クレマンが明瞭に意識していることが見てとれる。荒れ地に自生する植物相が、遠い土地からやってきた外来種と、元々その土地を代表する在来種との混淆からなり、それこそが「明日の風景」を見せるものだとする彼は、そもそも本書の冒頭から「生はノスタルジーを寄せつけない」と断言している。彼の修景論に、起源の幻影に寄りかかった純血主義の入りこむ余地はない。

*

さて、大滝で撮ったクズの花の写真は、地面に落ちた花弁と、枯れかけた花房だけで、きれいな状態の花は撮影できていない。もう少しよい写真を撮影できればよかったのだけど……と考えていたら、火花が散るように、不意に記憶がよみがえった。

大滝行きのちょうど一年前、つまり一昨年の九月初旬、わたしは済州島にいた。海辺の巨大な岩山、城山日出峰《ソンサンイルチュルボン》を登る途中、海風に乗って馥郁《ふくいく》たる香りが漂ってきた。わたしは匂いの元を突き止めようと、展望台の欄干から身を乗り出し、崖を埋めつくす緑のなかに赤紫の花が咲いているのを見つけ、写真に収めた。

そのときの写真を探した。間違いなく、クズだった。すでに出会っていたのだ、海の向こうで。

五年前の正月に売家をひとつ見にきて、そのときに、まったく縁のない秩父の町をはじめて歩いた。特急に乗るまで間があるから、どこかで時間をつぶさなくてはいけない。ずっと外で過ごすには寒く、脚も疲れてきて、といっても、まだ三が日で大抵の店は休みだろうし、知らない町をひたすら歩きつづけてしまうのは昔からの癖なので、座れそうな場所がなければ歩いていようと思いつつ、商店の並ぶ参道から脇道のほうを何気なく見やると、喫茶店らしき看板が目に留まった。

ガラス張りのきれいな喫茶店だが、入ってみると明るすぎることもなく、コーヒーも、カレーも、鳴っている音楽も、調度や食器類も、意外に硬派な海外文学のある書棚も、驚くほどの隙のなさで、しかも夜十時まで開いているという。家で仕事をしていて、気分を変えたくなったときに、夜でもこういうところに来られるなら、ずいぶん楽だ、と思った。

市内の若いひとたちがつくったらしい散策マップをもらって、眺めてみると、狭い範囲にいくつも喫茶店がある。その後は家探しに来るたび、違う喫茶店に入ってみたが、店主が自分の好きにやっている、といった雰囲気は、最初に行った店にかぎらず、あちこちに見られた。この十年ほどのあいだに営業をはじめた喫茶店が多いようで、それは大都市集中から地域振興へ、という全国的な流れを反映してもいるのだろうけれど、ただ、小さな町にこれだけ独自性の強い店がそろうのには、秩父なりの所以《ゆえん》がありそうな気がする。

のちに、店主たちと話すようになってから、秩父のひとの性格を地元出身のMさんに聞いてみると、謙遜しないのよ、と、困ることもあるといった調子で答えた。やはりこの地域で生まれ育った別の喫茶店主、Hさんは、秩父のひとはくよくよしない、と言う。

こうした一般化は、いずれにせよ乱暴なものには違いないけれども、率直な物言いのひとが多いこと、自分を晒すのを怖れない傾向があることは、何度か町を訪ねて、感じた。南木佳士《なぎけいし》が小説やエッセイに描く信州の人々を思い出させるところがあって、山の人間の感じなのだろうか、と思った。佐久の病院に長く勤めた南木は、年老いた患者たちが、医者の前で萎縮するどころか、むしろ若造をさとすかのようにはきはきと意見を述べる様子を書き留めている。

これは、たぶん、そう突飛な連想でもない。秩父と佐久のあいだには昔から道が通じていて、ひとの行き来が盛んだったことは、秩父事件の成りゆきを見てもわかる。奥秩父連峰のこちらと向こうで、一定の気質を共有しているのは、ありうることではないだろうか。

それぞれの店主が好きなように仕立てた喫茶店の空間があり、地元の者でも通りすがりの者でも、一人で気兼ねなく過ごせる、というのは、つまり、横並びに周囲に合わせることを要求する圧力が、そう高くない土地柄なのかもしれない。住んでみようか、と思うようになった。

＊

引っ越して、しばらく経ったころ、深沢七郎の墓が近くにあることを知った。彼が農業をして暮らしていたのは菖蒲《しょうぶ》のほうだから、同じ埼玉とはいえ秩父とは東西の両端で、かなり遠いのだが、なぜか、秩父市内の聖地公園墓地に、本人が生前に墓を建て、そこに埋葬されているという。

作家などの墓を訪ねることはほとんどないけれど、深沢なら、と思った。しかも、地図でたしかめたところ、家から歩ける距離だ。初夏の一日、シャガの咲く坂道をのぼって、高台の広大な墓地へ向かうと、二十分ほどで墓前に着いた。

深澤家、と彫られた墓石の背景には、武甲山《ぶこうざん》が、石灰石採掘で階段状に抉《えぐ》られた山肌を見せて、そびえている。墓石の側面には「昭和四十六年七月／深沢七郎建之」とある。亡くなったのは一九八七年、昭和六十二年だから、建てて十六年後に入ったことになる。

横長の洋型墓石だけが置かれた、すっきりした墓で、周囲の墓と違い、墓誌も塔婆立てもない。だれが担っているのか、掃除が行き届いていて、その分、がらんとして見える。墓誌がないのはなぜなのか。自分のためだけに建てた墓なのだろうか。潔いというか、投げやりというか、なんとはなしに深沢らしく、めんどくせえ、と寝転ぶ姿が思い浮かんだりした。

その後も何度か訪れては、なぜ秩父で、なぜこういう墓なのか、不思議に思っていたが、最近「思想濃老日記」を読んでいたら、「きのえとらの日　晴」の項に、言及があった。深沢は「父の叔母さんの家の墓だけの跡つぎ」になっていて、その墓は甲府の菩提寺にあったのだが、戦後に再建した本堂が立派すぎて墓が日陰になったので、「埼玉に越してから秩父の市役所で経営している公園墓地に」移った。「私も一緒にはいるのですから、行きましょう」と言って、大叔母の骨壺を掘りあげ、ほかの者は土葬なので「土だけ一にぎり持って」墓を引っ越した、という。

聖地公園墓地は、市営ながら、市外在住者も利用を申しこむことができる。寺と関わることなく、公営ならではの価格で県内に新しい墓地を用意できる、そう思えば、ここに決めたのは納得がいく。墓だけ大叔母の跡を継ぐのは、家が絶えて墓の面倒を見る者がおらず、他方、深沢の実家は兄がいて墓の心配はないから、四男の七郎が引き受けることで、分家の墓が見捨てられないようにしたのだろう。

深沢の死後は、養子となった元同居人が墓を守っていたはずだが、彼も十年ほど前に亡くなって、この墓に入ったようだ。入っている三人が三人とも、秩父とは無縁であることを考えると、深沢がここに墓を建てたのは、身内思いのようでいて、自らの漂泊の道連れにしたようにも思えてくる。

＊

佐久に住んで、土地の人間を多く描いている南木佳士は、佐久出身というわけではない。群馬の山村に生まれ育ち、東京や秋田住まいを経て、佐久に職を得たのだが、こうして長く住んだ信州は、生地の上州とは「浅間山をはさんで」反対側の位置にある、と彼は書いている。

他方、深沢七郎は、山梨に生まれ育ち、東京に住み、放浪の日々を送り、関東平野の平たい風景が広がる埼玉・菖蒲に暮らした。そして遺骨は、山梨とは奥秩父連峰を挟んで反対側の秩父に納まっている。生地の石和《いさわ》との位置関係を見ると、ちょうど、雲取山が間に入るようだ。

山を挟んで出身地の反対側に移った作家たち。そんなことをぼんやり考えながら、『猫の領分　南木佳士自選エッセイ集』を開いてみれば、読んだはずがすっかり忘れていたけれど、南木と深沢には交流があるのだった（「人間・深沢七郎――信州佐久にて――」）。若い医師にして作家志望の南木は、深沢が偶然、勤め先の佐久総合病院に入院したことを知り、白衣を脱いで、会いに行く。深沢はいつもの調子で南木の必死の問いをはぐらかすものの、以後は折に触れて励ましの言葉を投げかけ、南木が念願の文學界新人賞を受賞すると、ペリカンの万年筆を贈ってくれた。

深沢がなぜ佐久の病院に来るようになったのかは、はっきりしない、と南木は言いつつ、いくつかの理由を挙げているが、そのなかに、「八ヶ岳をはさんで山向こうの山梨で生まれた深沢さんにとっては、故郷に似た信州の農村風景が気に入ったのかもしれない」とある。たしかに深沢は、佐久がたいそう気に入って、「信濃の野の友たち」という短文に、現地で出会ったひとや野菜やイワナのことを綴っており、その冒頭では、姥捨の小説を書いた自分が、「姥捨山のこちら側、S病院」で命を救われた、妙なめぐりあわせだ、と述べている。

故郷に似ている、というのは、故郷そのものではない、という意味でもある。故郷のようで、でも故郷ではない場所。故郷とのあいだに、八ヶ岳が、あるいは「姥捨山」が、挟まっている。だからこそ、深沢は穏やかに過ごせたのではないか。

先に挙げた、墓を秩父に移したことを記す深沢の文章は、実はそれが本題ではない。自分の墓は秩父に移したのだが、本来の家族や先祖の墓は甲府にあるから、甲府へ墓参りに行った、と話はつづき、帰郷の折に起きた事柄が語られる。

理解し合っているつもりだった同郷の親しい住職に、七郎さんが死んだら文学碑を建てて、太宰治の桜桃忌のようなことを毎年やる、と言われた。深沢は衝撃を受け、「故郷へ帰ってくると、こんな怖ろしいことを考えている人があるのか」と、菖蒲へ戻る車中で困惑し、涙が出てくる。そして、生まれて六十六年も経てば「故郷なんてもうない」と言い、車の窓を開けて、「故郷は私を受けつけない、故郷は私を受けつけない」と「詩を朗読するように、そとの暗やみに向って話しかけ」る。

縁のない山あいの町に棲みついたわたしも、故郷を離れてここに骨を埋めた作家にならい、暗闇に向かって、同じように、なにかを話しかけてみたくなる。

武甲山のある方角が南、と教わったのは、この町に暮らしはじめてすぐだったと思う。たしかに、秩父の中心街から見ると、ほぼ真南に、単独で、町を見おろしているとしか言いようのない近さに、武甲山がある。わたしは中心街よりも北に住んでいるから、買い物をしたり、電車に乗ったりするときは、まず、市街地を南北につらぬく通りを、南に向かって、自転車で走る。自然と、武甲山を目がけて走っている感じになる。

自転車を漕ぎながら、山を見あげるのだが、晴れていればいるほど、その山肌は、よく見えない。山が日光を遮って、光のなかに輪郭だけが影絵のように浮かぶので、逆光につつまれた巨大な黒っぽい塊が、目の前に立ちはだかる。

武甲山の向こうは、南から西にかけて、奥秩父の二千メートル級の山々が連なり、その稜線もまた、背後からの光を受けて、墨色の帯をなす。盆地自体は、直射日光が遮られるわけではないから、晴れれば日の差すところは強烈に明るく、眩しいのだが、にもかかわらず、南側を山の影に占められているせいで、底に暗さが淀む。

この感覚は、わたしだけのものではなく、むしろ広く共有されてきたもので、秩父の「暗さ」がかねてより語られてきた点、また街なかから見て南に位置する武甲山と奥秩父連峰の影が「暗さ」の印象をもたらす点については、秩父に生まれ育ち、当地を撮りつづけた清水《しみず》武甲《ぶこう》が、一九六九年に刊行した写真集『秩父』のあとがきで指摘しており、このくだりは秩父の風土を解説するのに引用されてきた。

市街地を離れて、急斜面が襞をなす山あいに入れば、陽の当たる面と当たらない面との光量のコントラストはさらに際立つ。まさに清水武甲の撮影した一点にあるとおり、フレームに収まったひとつの景色の、半分はうららかな光に満ちた春の耕地、もう半分は雪の積もった暗い冬の森、というような対照は、珍しくない。

光量のコントラストは、気温のコントラストにつながる。春先や、梅雨時など、自転車に乗っていると、ぬるい風とひんやりした風、はっきりと温度の違う二種類の風が交互に吹いてくるときがある。日陰と日向で季節が違うような山々に囲まれているのだから、どこを通ってくるかによって風の温度は変わるのだろう。

山中の盆地である以上、年間の寒暖のコントラストもまた激しく、「寒さでは青森、暑さでは沖縄と同じだといわれている」（清水武甲・千嶋壽『秩父路50年』）。冬はマイナス十度近くまで下がる寒冷地で、水道管は断熱しておかなければ破裂するのに、夏は最高気温全国一の熊谷と同じくらい暑い。寒い国から暑い国へと転換する春は、昼夜の気温差が二十度におよぶ。

こうした振れ幅の大きい風土は、たとえば無難な建前よりは直情径行を好んだり、祭りに精力を傾けたりする気質とも結びついて、秩父の雰囲気を形づくっているように思う。写真で言うなら、フィルムで撮って、グレースケールの繊細さよりは白黒のインパクトを出すよう「かたく」焼いたモノクロ写真が、この町には似合う。

清水武甲が示した秩父の「暗さ」は、地理的条件によるものだが、その後、武甲山が落とす影には、別の意味合いも加わった。

＊

古くから地域にとって大事な信仰の山であり、秩父の町を「見おろす」位置にありながら、この山には、見おろすための顔がない。ちょうど町の側を向いた北面が、セメントなどの原料となる石灰岩でできており、もう何十年も露天採掘で削られつづけて、のっぺらぼうになっている。清水は写真集『秩父』の時点で、すでに「ここ何年もなく白いアバタの山に変貌してしまうことだと思われる」と予告しているが、アバタどころか、一九八〇年前後には、山頂を爆破して下へ下へと切り崩していく工法が採用され、以来、山の形そのものが大きく変わってしまった。

清水は固有種の植物もふくむ武甲山の自然環境保護を訴えつづけたが、現在も、毎日十二時半に発破がかけられ、山はどんどん減っていく。はじめて秩父を訪れたときは、山頂の積雪のために階段状の採石跡がなおさら目立ち、あの山はなぜ縞模様なのかと不思議に思った。

そのわけを知ってからは、上半分が抉られた姿を見るたびに、オタール・イオセリアーニの『唯一、ゲオルギア』にあった、顔のない死体の映像を思い出す。一九九四年にテレビ用ドキュメンタリーとして制作されたこの作品は、四時間にわたり、イオセリアーニの故郷、ゲオルギア（ジョージア）の歴史をたどるもので（観たのはずいぶん前だから記憶違いがあるかもしれないけれど）、古来から独自の文化をもつゲオルギアが、次々と隣国に支配される苦難を描くのだが、終盤になって、近年、外からの侵略ではなく、地域内での対立による紛争が起きたことに触れる。そのとき、わたしたちの国は何度も屈辱を受けてきたが、ここにいたってはじめて、恥ずべき戦争をした……といった内容の、自身によるナレーションとともに、ふだんは暴力的な映像を決して使わないイオセリアーニが、渾身の怒りと悲しみをこめて、市街戦で顔面をまるごと吹っ飛ばされ、後頭部だけが残った状態で仰向けに街路にたおれた死骸のカットを挿入する。

削られる以前の完全な武甲山の姿は、清水武甲の作品が市内のいくつかの店に飾ってあり、わたしもいただきもののプリントを自宅に掛けているので、写真集を開くまでもなく、折に触れて眺める。襞が多く、ごつごつしているけれども、全体はなだらかに弧を描いた、兜のような、分厚くどっしりとした塊で、鎮座している、という表現がよく当てはまる。この写真と、現在の無惨な見た目を比べると、顔を抉りとられた死体の連想は、それほど大袈裟とも思えない。

採掘された石灰石は、養蚕に代わって戦後の秩父経済を支え、またその石灰石からなるセメントは、高度経済成長期の東京の都市開発を支えた、というが、最近は、十年前に津波で大きな被害を受けた東北へ運ばれ、巨大防潮堤の建設に使われているとも聞く。町を見守る名峰を崩して得た石を、はるか遠くの海辺に運び、本当に住民を守るためというよりは災害便乗型ビジネスの一種と考えたほうがよほど腑に落ちる人工の山を建てて、二重に風景を破壊していることになる。

＊

　昨年二月、風間サチコの個展「セメントセメタリー」を観に、東京・墨田区のギャラリー、無人島プロダクションへ足を運んだ。中に入ると、武甲山があった。

　風間は、近現代の強引な国土開発や拝金主義を、諧謔とともに問うてきた美術家で、主に大判の木版画による作品を制作している。少し前のブログに、秩父を訪ねたことが書いてあったので、きっとそうだろうと思ったが、やはり、新作の一点は、武甲山がモチーフだった。

　個展のタイトルと同様、《セメントセメタリー》と題された作品は、九点のパネルを、下から五枚、三枚、一枚と、山型に積みあがるように並べてあり、一見、ドローイングのようにも見えるが、固形墨によるフロッタージュ（乾拓）とある。彫った版木に和紙を置いて、上から墨で摺っているのだ。

　墨でこすられて、紙の上に灰色に浮かびあがるのは、武甲山らしき山の、過去・現在・未来の姿。削られる前の武甲山の輪郭だけがぼんやりと現れる左下の一枚目から、右へ、さらに上へ進むにつれ、山は山頂から階段状に削られていき、有機的な形態は直線による構造に入れ替わって、いつしかテオティワカン遺跡の太陽のピラミッドへと変容してしまう。

　これら九枚の版画は、すべて一枚の版木によるもので、摺っては版木を削り、また摺る、を繰り返しているのだという。武甲山のように、版木自体が、削られて形を変えているのだ。版画は、取り返しのつかない操作の痕跡としてそこにある。

　そうして最後のパネルに、セメントのための、壮大な墳墓が幻視される。太陽のピラミッドと化した山のパネルが、背後に高層ビルの亡霊群をしたがえ、堂々たる完成形、とでもいった風貌で、九枚のパネルの頂点に立ってすましているのを見ると、笑えないのだが、笑いたくなってしまう。そのせめぎ合いが、見る者の心身を圧迫するところに、風間の本領がある。

今年の六月には、東京都現代美術館で、ＴＣＡＡ受賞記念展として、最新作と旧作を合わせた展覧会が開かれ、そこでふたたび《セメントセメタリー》と対面した。ここには、二〇一八年発表の巨大な木版画作品《ディスリンピック２６８０》も、展示されていた。優生学に支配された未来の全体主義体制下で催されるオリンピック開会式の様子を、横六メートルを超える画面に緻密に彫りあげ、墨一色で刷る。制作当時は予見できなかった感染症蔓延の状況のもと、だが同時に本作の提示する予言をどこかしら反映するようにして、現実の東京オリンピックが開幕しようとする時期に、新たに開帳されたこの大作は、たぶん完成当初よりも一層不穏な空気を会場に漂わせていた。

言うまでもないことだけれど、武甲山の石灰石採掘は、一九六四年の一度目の東京オリンピックを契機とする都市化によって加速したのだし、今回のオリンピック開催が決まってから増加に転じた建設投資とも、無論、連動している。巨大国家事業と、痩せ細る信仰の山と、過去の繁栄、そして、それらを写しとるモノクロームの表現。そのすべての残像が、くっきりと相対する光と影に重なって、この盆地に降り積もっていく。

野ばら、川岸、青空

昨年、ほぼ一年かけて、それまで後回しになっていた敷地内の舗装などの外構工事をおこなった。完成して、土のある場所が定まったので、元からウメやユズなどいくつかの木が植わっていた一画以外にも木を植えていこうと、この春はいろいろと調べたり、見にいったり、買ったりした。四年も仮植えしていたアンズとコブシはようやく定植して、アンズは実をひとつつけた。友人から贈られたトキワエゴノキも鉢から出して、無事に地面に根づいた。アーモンド、ネムノキ、シナノキは、苗を買って、植えた。

自然に生えてくる草を排除して思いどおりの空間をつくる気はなく、たまたま生えてきたものと、植えたものとが、同居してくれればよい、と考えている。そうなると、植えるものも、基本的には付近の野山に自生しているような植物が合うだろう。川口にある「草木屋」のウェブサイトは、雑草・雑木として見過ごされがちな植物の苗を取り扱う上、同じ埼玉で植生が近く、参考になる。

その草木屋（横山隆・晶子）が、ちょうど今春、『庭にほしい木と草の本』を刊行した。ふだんよく見かける草木の特徴や活用法が示されているのだが、活用できる、というのは、この本の場合、食べられる、薬になる、染められる、のほか、子供が遊びの材料にできることもふくんでいて、親しめることは役立つこと、という、外遊び中心の保育室を長く運営してきたからこその認識がうかがえる。

「ノイバラ」の項を読んでいたら、昔読んだ物語がよみがえった。

ノイバラは、在来のバラの野生種で、通常は一重咲きの白いバラ……と、花についての記述があり、最後に、実のことが書かれている。甘酸っぱくておいしいこと、小梅の飴を思わせること、そして「昔は利尿剤や便秘の薬として使われた」らしいこと。そこで、そうか、宮沢賢治のあの童話に出てくるバラは、ノイバラだったのか、と思ったのだ。

九歳か十歳のころ、岩崎書店の『新版宮沢賢治童話全集』全十二巻に夢中になった。当時はスイスに住んでいて、手に入る日本語の本は少なかったが、現地の学校の教室を夕方に借りて開いていた「チューリッヒ日本語学校」は、図書室代わりに、段ボール箱二箱分の児童書を保管して、貸出をおこなっており、そのなかにこの全集があった。藤色の背景に、家の入口を描いた表紙。順繰りに借りて、読みきった。

特に好きだった童話のひとつが、「よくきく薬とえらい薬」という短い話だった。清夫という男の子が、病気の母親のためにバラの実を摘んでいると、一粒の透きとおった実を見つけ、帰宅して母親に飲ませたところ、たちまち病気が治る。それを聞いたわがままな贋金づくりが透明なバラの実を探しに行き、見つからないので、贋金をつくる装置を使い、バラの実を透きとおったものに加工して飲んだ途端、「アプッといって死んでしま」う。できたものは猛毒の昇汞《しょうこう》（塩化水銀）だった。

バラの実を食べさせるというけれど、通常のバラの実では、大きすぎるし、固そうに見える。あれを生で食べたり、まして呑みこんだりできるだろうかと、変な気がした。ところが、草木屋の解説するノイバラの実は、生食でき、薬効がある。しかも、小梅の飴みたい、というたとえが、書き手としては口にふくんだ感触から何気なく書いたのだろうけれど、こちらは、透きとおった実になりそうな質感を伝えてくれる貴重な指摘、と受けとった。

あらためて『新版宮沢賢治童話全集』で「よくきく薬とえらい薬」を確認してみると、なんのことはない、一箇所、「ばら」ではなく「野ばら」と書いてあった。そもそも、清夫は「森のなかのあき地」に実を摘みに行くのだから、自生するノイバラに決まっている。ところが、味戸ケイコによるファンタジー色の強いカラー口絵と挿画は、八重咲きのいわゆるバラの花を野原に咲かせているのだ。小学生には魅力的だった野原一面の赤や紫のバラを、頭のなかで一重咲きの白いノイバラの花に訂正しながら読み返した。

秩父に来て、野鳥や野草、空模様や畑仕事がずっと身近になった現在の目で、賢治の童話のいくつかを読み直してみると、昔は気づかなかった自然描写の鋭さ、動植物の存在のたしかさに打たれる。鳥はそれぞれの鳴き方やふるまいに見合った口調で喋るし、クロモジのいい匂いがした、などと書かれているとき、それがどういう匂いで、なぜクロモジなのか、以前は気に留めなかったが、いまはその部分も、読む。科学への参照や、宗教への傾き、といった印象も強い賢治だが、著作のあちこちをめくるにつけ、ただ野に出て気持ちがいい、という場面の多さに気づく。

草野心平は、七歳年上の宮沢賢治に早くから惚れこみ、死後は全集出版に奔走したが、彼が賢治の詩のあり方について詳しく語ろうとしたときに取り組んだのは、『春と修羅』第一集から第四集までに現れる雲の描写を、ひたすら書き出すことだった（「「春と修羅」に於ける雲」）。また、賢治の「農民芸術概論」の重要性を説いたこともある（「「農民芸術概論」の現代的意義」）。戸外での作業の合間に空を見あげる賢治の姿が、心平には見えていたのだと思う。

＊

ところで、宮沢賢治は、秩父にゆかりがある——と、話をつづけるつもりでいたのだが、筆がなかなか進まない。

彼が秩父地方を訪れたのは一度きり。一九一六年九月上旬、盛岡高等農林学校に在学していた二十歳のとき、学校の地質調査旅行で、二十五人ほどの団体の一員として数日間滞在した。団体で実習に来ただけ、ではあるのだが、道中、折々に詠んだ短歌が残っている。つまり、若書きかつ、彼の名を知らしめることになるのとは違う表現形式とはいえ、秩父の山や川、小《お》鹿野《がの》、長瀞《ながとろ》、三峰《みつみね》に取材した賢治の作品が、たしかに存在するのだ。三十年ほど前に、賢治と秩父地方との「縁」が知られるようになって以来、いくつかの短歌は歌碑となり、長瀞の岩畳や、古秩父湾の地層が露出した小鹿野の「ようばけ」など、彼が立ち寄った場所に建てられている。

けれども、こうした顕彰に、もうひとつ釈然としないのは、それが書き手としての彼自身とは異なる価値づけによっておこなわれていると見えてしまうためだ。「雨ニモマケズ」が、修身の教科書の一種のように扱われる現状において、その清く正しい作者であり、しかも地質学・古生物学と文学的権威とをじかに結びつけてくれる宮沢賢治という名は、「日本地質学発祥の地」を標榜《ひょうぼう》する地域の観光政策にとって、あまりにうってつけではある。

のちの詩や童話が放つ鮮烈さとは遠い、定型的に見える短歌を彫った歌碑の建立事業は、無論、善意と熱意の賜物ではあるし、まずもって彼がここに来たのだと知らせてくれる点で意義深いけれども、賢治を読むというよりは、使わせてもらおうとする力のありかを感じさせて、落ち着かない気分になる。

＊

梅雨の明けた週末、上長瀞へ行った。埼玉県立自然の博物館で、各種岩石や、古生物の骨格標本、埼玉の森林ジオラマなどを見学したのち、歌碑の脇を通って、川岸へおりる。岩盤が段をなして翡翠色の荒川までつづき、今年はじめての夏の陽気だから、川遊びの家族連れがそこここの岩陰に見え隠れする。虎岩と呼ばれる縞模様をした結晶片岩があり、長瀞駅方面へ川沿いを歩いていけば、さまざまな種類の片岩が目に入る。対岸は絶壁。崖の上に生えた木々の、さらに上を見あげると、空が青い。

翌日は、小鹿野のようばけを訪れた。隣接するおがの化石館には、地元で発掘された化石がたくさん展示されていて、自分も化石を探したくなるが、崖崩れが起きやすいため、ハケ（崖）の真下へ行くことは禁じられている。木立のなかを少し下ると、砂礫の川岸に出て、赤平川の浅瀬の向こうに、露出した地層がやや傾いた横縞を描く高さ百メートルの崖がそびえる。ようばけの「よう」は、陽が当たるのが由来というが、実際、やや暗く湿った川岸の上で、午後の崖は西日に照らされ、光るように明るい。どんどん見あげていくと、やはり、天辺に並んだ木の上に、青空が見えた。

なんとなく、賢治は見あげただろうという感覚があって、見あげるのだが、さて、しかし、二十歳の彼がここに立っていたことと、その後の彼の文学が、相変わらず、わたしのなかでうまく結びつかない。それで、筑摩書房の『宮沢賢治コレクション』をめくっていたところ、ここが結び目、と思える一連の文章に行きあたった。

一九二二年ごろ、つまり秩父行きの六年後、彼は稗貫《ひえぬき》農学校（のちの花巻農学校）教員としての日々に材を取った散文をいくつか残している。そのうち「台川」と「イギリス海岸」は、まさに生徒たちを引率して川岸で過ごした体験を記すもので、どちらも場所は花巻近辺だけれども、いろいろな岩石が観察できたり、化石があったりするのは、岩畳やようばけと共通している。どちらの作品でも、語り手は生徒らに向かって岩や地層の様子を説明し、生徒からの質問に答え、標本の採取を指導する。

ことに「台川」は、引率中の教員の意識の流れを叙述するという、賢治には珍しい書き方がされていて、面白い。地質の説明をしながら、余計な情報を加えてしまったのを反省したり、目の前にいる生徒の名前が思い出せなかったり、壺穴すなわちポットホール（これは長瀞にもある）のちょうどよい見本を探し、完全なのが見つからないので、まあこれで仕方ないと妥協して説明したあとに、生徒がもっといいのを見つけて喜んだりと、教師が生徒たちの相手をしつつ、顔に出さずに頭に思い浮かべることが、逐一綴られていく。生徒の名前は実名で、かなり現実に即した文章のようだ。

北上川や、荒川や、その他の実習先で、彼がかつて学ぶ側として参加していた集団の姿が、ここで教える側の視点から丹念に描かれているのを読んで、そうか、こんなふうにして長瀞や小鹿野にいたのかと、ようやく「秩父にいる賢治」の像の置きどころが見つかった感じがした。
彼の描く野外実習中の教師は、個々の生徒たちの動きに気を配る。せっかちな者、心配性の者。そして、なかには、空を見あげる者もいる。

阿部君、だまってそらを見ながらあるいていて一体何を見ているの。そうそう、青ぞらのあんな高いとこ、巻雲《けんうん》さえ浮かびそうに見えるとこを、三羽の鷹かなにかの鳥が、それとも鶴かスワンでしょうか、三《み》またの槍の穂のようにはねをのばして白く光ってとんで行きます。
（「イーハトーボ農学校の春」）

ぼんやりと空を見あげる生徒に気づき、彼がなにを見ているかもすぐにわかるのは、教師のほうも多少、似た気質をもっているのだろう。結局、彼らはそろって空を眺めている。教師と生徒が入れ替わる構図のうちに、花巻と秩父の景色が重なった。

金木犀

今年は夏に雨がつづいたり、気温が異常に下がったりしたせいか、キンモクセイの開花がとても早く、例年は十月に入る前後なのが、九月中旬にはもう咲ききってしまった。家にある一本は、ほかの木に隠れて目の届きにくいところに植わっているため、ふだんは存在を忘れがちで、毎年、香りが届くと、そうだ、キンモクセイがあった、と思い出す。

五年前の九月末、ここに引っ越してきた日に、匂いに気づき、庭にキンモクセイがあることを知った。節目、のようなことにはあまり興味がないけれど、ともあれ、この家に住みはじめた日と、キンモクセイの香りとが、記憶のなかで結びついている。

この「物件」を最初に見にきたときは、二月下旬で、薄桃色のウメのような、モモのような花が咲いていた。同じ都区内のマンションに住む、定年で教職を退いた年上の友人、Eさんと一緒だった。そのマンションに暮らすことになったのは、彼女に誘われたのがきっかけで、入居後も、お茶をご馳走になったり、おかずのお裾分けをいただいたりと、気にかけてもらっていたから、いきなり一人で転居を決めるのではなく、できれば彼女も納得する引っ越し先にしたいと考え、内見に誘うことを思いついたのだ。

地元の不動産屋の案内で、家のあちこちを見ながら、わたしたちは、花が咲いてるね、桜色だけどサクラには早いし、ウメには遅い、なんだろう、と話した。家については、Eさんもわたしも、気に入った。わたしがマンションを出てこういうところに住みたいと思っていることについて、彼女は腑に落ちたようだった。

街なかで、生活の不便がなく、かつ、適度な広さの庭がある。土地の裏が下り斜面のため、裏から見ると高台に建っていて、明るく風通しがよい。家は一九八〇年代初頭のハウスメーカーによる注文住宅で、築四十年近いが、建材がしっかりしている上に、よく管理されており、傷みがほとんどない。市街地ながら、木々に囲まれた洋館の趣がある。やめておこうと思う理由が見当たらなかった。

咲いていた花は、翌年に、ウメと判明した。おそらく豊後《ぶんご》梅《うめ》の系統で、花は遅咲き、実はアンズと同じくらい大きく、長年放置された結果、二階建ての屋根を越すほどの大木になっているので、たくさん採れる。

Eさんと訪れたあと、築年数の経った中古ではあるから、建物の状態について専門家の意見を聞こうと思い、学生時代の先輩にあたる建築家のGさんに連絡を取って、一週間後、二度目の内見に同行してもらった。ざっと見て不安な状態なら、あらためて業者に診断を依頼するつもりだったが、Gさん自身が小屋裏も床下も点検してくれて、問題ないとの判断を下した。

その次に来たときは、ハナミズキが咲いていた。敷地の進入路、いわゆる旗竿型の土地の竿の部分に、隣地との境界に沿って、当時は三本のハナミズキがあった。一番手前は、白い一重のハナミズキ。その次、通路の中央あたりに、白い八重咲き、たぶんアルバプレナという品種のもの。一番奥は、たしかピンクがかった色の一重だったと思うが、幹に虫が入ったようであまり元気がなく、わたしが住みはじめたあと、立ち枯れてしまった。けれども手前と中央は、真っ白に見えるほどよく咲いて、本当にきれいだ、と思ったのを覚えている。

ハナミズキが咲いていたということは、四月下旬。このとき、なんのために行ったのかは、よく覚えていないけれど、手帳を見返すと、四月のはじめに、東京にある買い手側の不動産屋を訪れている。ここで買う意志を伝えて、下旬に東京側と秩父側、双方の不動産屋とともに、現地を見にきたのかもしれない。

このあと、価格交渉に入り、八月には契約を交わして、九月上旬に入居前の耐震改修工事を済ませた。そして、キンモクセイの咲く月末に、この家の住人となった。

ウメとともに出会い、ハナミズキとともに決めて、キンモクセイとともに住みはじめた。

＊

しばらく前、写真家のKさんと話していたとき、秩父に引っ越したことについて、後悔はしてない？　と訊かれ、あまりに思いがけない問いに、まったく答えが浮かばず、何秒か、絶句した。

元々、自分の決めたことに対しては、滅多に後悔をしない性質ではあるのだが、それにしても、東京都心の集合住宅に留まっていればよかったと悔いるような点が、思いつかない。あえて言えば、東京で深夜まで飲んだり生演奏を聴いたりしづらいことくらいだけれど、たまのことなら、どこかに泊まればよいのだし、昨年からは、そうした機会自体、ほぼなくなった。

わたしが秩父に「引っこんだ」と聞いて心配する友人知人と話してみると、こちらが人里離れた古民家に起居して農業に精を出し、自給自足を目指していると思われていることが少なくない。

　都会暮らしのステレオタイプと、田舎暮らしのステレオタイプ。現実には、そのどちらにも当てはまらない、無数の暮らし方がある。わたしは、本を基準に考えて、冊子体の書物を収める都合から、ある程度の気密性のある洋式の家を探した。畑はなく、数株だけの野菜と、野草を生やした庭がある。きのうは鮮やかな赤トンボ、ミヤマアカネが、玄関先の赤ジソの花にしばらく留まっていた（ずっと前に買った今森光彦『空とぶ宝石　トンボ』を引っ張り出して、たしかめた）。

　外へ出れば、地産の野菜だけで毎日食事をつくることができるほどさまざまな作物を買うことができて、他方、つくりたくないときに行く店の候補にも事欠かない。そして、すぐそこに山が見える。わたしはここにいたい。

朝、植物を見てまわると、バラの葉の表面が細かな水滴におおわれ、朝日を受けて、玉虫色の産毛のように、うっすらと青や紫や黄色にきらめく。朝晩の冷えが強まるにつれ、こんなふうに、あらゆるものに露がおりる。朝は、自転車に乗る前に、露に濡れたサドルを拭かなくてはならないし、さらに季節が進めば、夜露が朝までに凍って、サドルに霜の薄い層ができる。

寒暖差で朝方に霧が出ることも多い。町の全体に冷たい煙が立ちこめたようになって、髪も服もしっとりと水気をふくむ。住みはじめて一年ほど経ったころだったか、線路の向こう側もかすむほどの濃霧のなか、踏切で電車の通過を待っていたら、隣で同じように待つ年配の女性が話しかけてきて、朝霧は秩父の名物、「朝霧けたてたてよく来たね」と、歌にも出てくるんだよ、と教えてくれた。金子《かねこ》兜太《とうた》の父、伊昔紅《いせきこう》が広めた秩父音頭の一節だった。

そういえば、東京では冬場に肌が乾燥し、いつも粉を吹いて痒かったけれど、ここではあまり乾かない。寒い季節の秩父は、なんとなく、水のなかにいるような感覚がある。山に囲まれた谷底の町に、水が張ってあって、そのなかにいるような。

三千万年前の秩父地域を表す地図では、町は実際、水に浸かっている。一九五五年刊の岩波写真文庫『埼玉県　新風土記』は、埼玉県の歴史と現状を地域別に解説した小著だが、冒頭に、県庁所在地などの都市圏ではなく「秩父山地」を置き、現在の秩父山地が、かつて海中に浮かぶ「秩父島」であったと説く。もちろん、関東平野はまだない。地理を基準に、埼玉の成り立ちを語ろうとするならば、はじまりは秩父、ということになるわけだ。

秩父島があったころ、秩父盆地は、島の湾だった。「暖流時代〔約一八〇〇万年前〕」を表す図を見ると、城峯山《じょうみねさん》、両神山、三峰山、武甲山、などの山に取り巻かれるかたちで、三日月形の平地が細長くのび、海辺に現在の寄居《よりい》や小鹿野、三峰口があって、秩父の町は沖合にある。こうしたイラスト地図の常で、地域内に当時いた、つまり、化石として見つかっている代表的な動物も描きこまれているから、秩父市の周りには、サンゴ、オウナ貝、クジラやカニが配され、それらの生きものに囲まれた海のなかの秩父市を、「象の先祖」である海生哺乳類デスモスチルスが、岸辺から眺めている（ように見える）。

笹岡啓子は、写真冊子連作『SHORELINE』の第一集を、「秩父湾」とした。撮影は二〇一五年二月七日、厳寒期の秩父市と長瀞。海岸線と銘打ちながら、海岸ではないのだが、靄にけぶる山と盆地と水辺を捉えた一連の写真は、総体として、たしかに湾だったころの秩父を呼び起こす。釣り場を訪ねる『FISHING』や、東北の津波被災地を追った『Remembrance』のシリーズで、国内各地の海辺を丹念に見つめてきたからこそ、地形と気象を手がかりに、秩父の「湾」たる所以を透視しうるのかもしれないし、無論、なにもないところに、かつてなにかがあった痕跡を指し示すのは、広島の公園の空虚に原爆被弾のネガを見る『PARK CITY』以来、笹岡が一貫して追求する視点でもある。

こうして、露に濡れ、霧につつまれる冬場の秩父の空気は、かつてこの地が海中にあった記憶と結びついて、わたしはますます、水のなかにいる気がしてくる。

ダムを見に

思い立って、晩秋のある日、浦山ダムへ行った。秩父の中心街から車で十五分ほど走れば、ダムの頂上部に着く。駐車場の近くに、管理棟と、資料館に食堂を併設した見学施設があり、その先は、堤の上が広々とした敷石の遊歩道になっていて、歩行者専用の橋のように、対岸まででまっすぐに伸びている。長さは三七二メートル。大きなダムだ。

ずっと前、よそから遊びに来た友だちを連れていく場所について秩父の友人に尋ねてみると、荒川河畔か、ダム、と返ってきた。別の地元出身の友人も、学生のころはよく友だちとダムに遊びに行った、と言っていた。湛水《たんすい》がはじまった一九九七年は、わたしより一回り若い彼らにとって、中高生時代にあたる。地域の一大事業として、話題になっただろうし、学校単位での見学も企画されたに違いない。

わたしが行った日も、遊歩道を散策するひとがちらほらいて、若い男女、子連れの一家、中高年の夫婦、自転車ツーリング中の男性などが、思い思いに、歩いたり、景色を眺めたりしていた。

上流側は、青々とした広大なダム湖が、鬱蒼とした山襞に囲まれている。下流側は視界が開けて、遠くに秩父市街、さらにその背景には、城峯山から赤城山、日光連山まで見渡せる。

高層ビルから景色を見るのと、似たところがある。ビルも、ダムも、床面の周囲は、ほぼ垂直に切り立ったコンクリートの崖になっていて、視界を遮る凹凸はない。エレベーターなり、車なりで、疲れることも、汚れることもなく、見晴らしのよい場所に到達できる。定番の外出先となるのもうなずける。

その気持ちのよさには、また、一種の征服欲もふくまれているだろう。スイスを思い出す。自然観光が成立するのは、そこに自然があるからではなく、その自然を身の危険なく観賞するための人工的なプラットフォームが設置されているからで、観光を一大産業とするスイスは、そのような風景の有効活用を極限まで進める国だ。見渡すかぎりの氷河と険しい連峰を眺める者は、見ている対象に感嘆すると同時に、よくぞここまで鉄道を敷き、散策路を整え、展望台を建設したものだ、という感慨を覚えずにはいられない。

二〇〇六年に東京アートミュージアムで開催された畠山直哉とバルタザール・ブルクハルトの「二つの山」展で、畠山が撮影したスイス・アルプスは、多くの写真に人間の姿、あるいは人間活動の痕跡が写りこんだものだった。いかにも人跡未踏といった「崇高な」風景にもかかわらず、そこへ色とりどりのスポーツウェアを着こんだ登山者の列や、展望テラスに集う観光客の群れが入っていく。スイス的な風景とは、そうした人間の姿を組みこんでこそ完成する、という点を、正確に捉えた作品だった。

スイスはまた、水力発電の国でもあって、山のなかの美麗な湖が、近づくと水力発電用の人工湖であることも珍しくない。ダムは、広範囲の土地を削り、川を大量のコンクリートで堰《せ》きとめることで、大きな湖を出現させて、水を蓄え、氾濫を防ぎ、電気をつくる。自然に人間が介入し、制御できなかったはずのものを制御し、利益を引き出す。その行為がもたらす達成感。

制御できないものが大きければ大きいほど、それを組み伏せるための巨大事業は、実現すべき「夢」として語られるだろう。

　スイスの場合は、他方で自然らしさを残すことが、必須の経済的価値となるから、征服の方法も巧妙になるが、そうした契機がない場合、「夢」は、単に環境破壊へと向かう。

　削られていく秩父の象徴、武甲山は、わたしの目には、無惨きわまりないけれど、集団的な欲望のレベルにおいて考えるなら、信仰の山に発破をかけることには、単に金になるからというだけではない、ある種の快楽があるものと想像できる。自分を凌駕するはずのものを、意に従わせる快楽。

　ただ、その快楽と比較にならないほど、失われるものは大きい。

＊

　浦山ダムは、内部を一般開放しており、自由に見学できる。頂上の遊歩道から、小さな建物に入ると、ダム本体を降りていくエレベーターがある。途中階はなく、一三二メートルを一気に下って、ドアが開く。すると、そこはダムの内側、堤防の底辺に近いあたりで、全体に湿気が高く、ところどころ、壁に水の伝った錆色の跡がある。水圧を感じるわけでもないのだろうが、気のせいか、少し息苦しい。

　そこから少し階段をのぼり、廊下を通って、下流の出口へ出るところまで、短い区間ながら、ダムのなかを歩くことができる。通路の壁には、見学者用の資料パネルが配されている。

実は、エレベーターに乗る前に、頂上の資料館にも寄ったのだが、ダムの効用を繰り返し説明するパネルや、ダムの模型、ダム愛好者による写真展、といった内容で、ダム建設によって埋もれるもの、失われるものについての言及は一切なかった。

けれども、ダム内部のパネル展示は違った。階段の壁には、ダムができる以前、一九七〇年代の浦山川周辺を撮った写真が並ぶ。最初は「湖底に沈んだ滝」、次は「湖底に沈んだ吊橋」。さらに、浦山の人々の暮らしが偲ばれる、獅子舞行列、悪魔払い、製茶作業、民家の軒先、といった写真がつづく。祭りや仕事の写真には、「湖底に沈んだ」とは記されていないけれど、ダム建設によって村が消えれば、こうした日常も消えただろう。そう思うと、ダムの底に掲げられた写真のなかで、祓串《はらえぐし》と榊を両手にもって、車座になった村民たちに向かい悪魔を祓うひとの姿が、別の意味を帯びて見えてくる。彼らにとっての悪魔はなんだったのだろう、と考えてしまう。

階段をのぼりきると、出口までの廊下には、浦山ダム完成までの歴史をたどる大型の写真パネルがある。一九六七年、予備調査開始、と題された、はじめの一枚を見ると、山に囲まれた谷、いまは湖底にあたる位置に、集落が見え、下部の年譜には、一九七九年、補償調査立入協定調印、とある。先へ進むと、川沿いの斜面がまだらに削られた写真の下は、一九八六年、損失補償基準提示、一九八七年、損失補償基準妥結調印。本体コンクリート打設が完了するのは一九九六年、水が入るのは翌年だから、調査開始から補償が決まるまで二十年、そこから完成までさらに十年かかったことになる。

小林茂は『秩父　山の生活文化』において、浦山という土地が、『新編武蔵風土記稿』や今《こん》和次郎《わじろう》『日本の民家』をはじめ、民俗学・民具研究の分野で長く注目されてきた、と説く。そして、昭和から平成へと移る過程で、浦山村の環境が変わった主な原因のひとつとして「浦山ダムの出現」を挙げる。

水資源公団によって実施されたこのダム建設は、浦山川の出口、つまりは浦山地区の出口に巨大なダムを設けることで、水没によって離村するいくつもの集落の人々を生み出し、一方、ダムの建設中は工事労働者の居住などにより、一時のにぎわいをもちましたが、この地区の景観と生活を大きく変貌させてしまいました。

小林が参照する秩父市役所総務部ダム対策室編『思い出のアルバム』に、浦山ダム建設によって離村した集落として記録されているのは、「道明、森河原、寄国土、大岩下、土性、下山摑」。

出口へ着いて、外へ出ると、ダムの大きな高い壁が間近にそびえ、一帯は影に隠れてひどく暗く、空気が淀んで、アスファルトに苔が生えていた。外へ出たのに、息苦しさはあまり変わらなかった。

＊

二〇〇八年九月、わたしは高知県本山町にいた。四国のほぼ中央、嶺北《れいほく》と呼ばれる地域にある、山あいの小さな町。大原富枝の生地で、大原は戦中にこの地を離れ、その後は東京に暮らしたけれど、遺産はすべて本山に託し、当地に大原富枝文学館を設立して、二〇〇〇年に八十七歳で世を去った。

文学館を見学しおえて、ゆかりの地をめぐりたいと受付に話したところ、思いがけず、大原本人と親しかった従弟のTさんを電話で呼び出してくれて、大原についての貴重な話を聞きながら、車でまわってもらった。この経験については、かつて短い随筆に書いたが（『文學界』二〇一二年五月号）、そのときに書かなかったことがある。ダムのことだ。

墓所や生家跡、幼少時に遊んだ鎮守の森など、大原富枝にまつわる場所をひととおり見たあと、Tさんは、早明浦ダムへ案内しましょう、と言った。さめうら、と言えば、四国四県に水を供給する巨大ダムなのだが、わたしはそのことも知らず、正直なところ、あまり気が進まなかった。ただ、行くのが当然といったTさんの様子に、本山が誇る大事業を旅行者に見せないわけにはいかないのだろうと思い、従った。

吉野川を渡るとき、Tさんは、このあたりは最近、ラフティングをやるひとたちのあいだで人気なんです、ダムのせいで水量が減って浅瀬になっているのが、かえっていいんだそうで、と、にこやかに話した。長く地元の企業に勤めた、穏やかな紳士だ。見ればたしかに、ゴツゴツした岩のあいだを、澄んだ水が、あちこち早瀬をなして流れていく。ふだん見ることのない清流に、きれいですね、とわたしは言った。Tさんは答えなかった。

代わりに彼は、長いこと雨が降らず渇水が心配になってくると、他県から早明浦ダムの水位を見にくるので、この道が混むのだ、といった話をして、そうするうちに、ダムに着いた。はるか遠くまでつづくダム湖を前に、Ｔさんは喜んで解説してくれるかと思いきや、そうでもない。なんとなく、沈んだ目になって、湖を眺めている。わたしも一緒に、黙って眺めた。

つくったときには、二百年もつと言われましてね、とＴさんは言った。ところが、もう老朽化してきているというんです。まだ五十年も経たないのに。それしかつづかないもののために、こんなに山を削ってしまった。山は、元には戻らない。

あそこに見えるのが、わたしの勤めた会社です。川辺にあるけれど、放水になっても浸水はしない、大丈夫だと言われた。ところが、いざ放水となったら、建物の五、六階まで水に浸かった。嘘っぱちだった。

やはり穏やかな、柔らかい口ぶりで、しかし自嘲のようなものを覗かせながら、Ｔさんはそんなことを語った。

ふたたび車に乗りこんで、山道を下る途中、眼下に別の川が見えた。Ｔさんの表情がぱっと明るくなった。あそこは、ダムの影響を受けていない川です。子供たちが泳ぎに来ます。きれいですよ。見おろすと、真っ青な水を深々と湛えた淵が、木々に囲まれている。遠目に一瞬見ただけでも、本山市街付近の吉野川とは、はっきりと違った。いま、書きながら地図をたしかめると、汗見《あせみ》川《がわ》だったようだ。

本山の町に入り、行きと同じ橋を使って吉野川を渡ったとき、Ｔさんは、前を見たまま、小さな声で、絞り出すように、こんなんは、ドブ川じゃ、と、つぶやいた。文学館へ戻ったあとは、大原富枝に関する話をさらにたくさん、楽しく聞いて、別れたのだが、Ｔさんのつぶやきは胸に残った。

翌日、夕方に吉野川のほとりに行ってみた。水は透明なのだけれど、岩場はうっすらと土砂をかぶったような色合いで、かすかに泥くさい。おそらく、これがダムによる変化なのだろう。もちろん、だからといって、ドブ川には見えないのだが、そのような言葉を口にすることで、いかに現在の吉野川が、かつての、本来の吉野川と違うか、ということを、彼は示したかったに違いない。それほどの喪失感を、毎日この川に向き合うほかないTさんは味わっている。

帰宅して、『大原富枝全集』をめくると、「ふるさとの川」と題した一九六六年発表の随筆に、彼女はこう書いていた。

高知は県としては大きな方だが大部分は山脈で覆われている。私の生れたのも四国山脈の中の村で、私の自慢できるのはたった一つ風景だけであった。

吉野川の上流で水の清らかなこと、山々の美しいことは、名だたる天下の名勝の地にも負けはしない。いまごろはちょうど麦秋の季節で村中が穀物の熟した香ばしいような芳醇さにみたされる。たそがれになると岩つつじの咲き乱れる岩の多い瀬に白鮠《しらはや》がピチッと音たてて銀色の体を水面高くひるがえす。［…］

初夏になると河鹿《かじか》の声とひぐらしの声が村をすっぽりと覆ってしまって、一種夢幻な世界になってしまう。ものういような静寂が一層それらの声によって深まるのである。

そのころは鮎もたくさんいたものであるが、いまはダムができたのでどうなっているのだろう。ダムはずっと上流にできたが、今度はまた私の村に新しいダムができるという。

土地を去った者がこのようにかつての美しさを書き連ねることが、変化に日々直面せざるをえない者の心に引き起こす微妙な感情も受けとめながら、彼女の追憶は止まない。

むかしの村の風情をいつまでもそのままに保っていて欲しいと願うのは、ふるさとをよそにしてしまっている都会人の勝手な希望と夢でしかない。それはよくわかっていながら、私は子供のときおっかなびっくりで渡った、ほそい板橋や吊り橋などが堂々たる鉄の橋になっているのを眺めることはやはり淋しいと思う。

大原富枝は生涯、本山に帰って暮らすことはなかった。従弟のTさんは、悲嘆をかかえながら本山に暮らしつづける。これが吉野川にかぎった話ではなく、全国津々浦々、無数の山村で、人々がダム建設によって、生活の場を、あるいは故郷と呼ぶべき風景を永遠に失ったこと、そして、それが「高度経済成長」を構成する重要なピースのひとつであることを、本山を訪ねた当時のわたしは、まだ知らずにいた。

荒川遡行

秩父へ越してくる前は、東京の北寄り、文京区と豊島区の境あたりに住んでいた。元々その界隈に縁があったわけではなく、自分で決めて部屋を借り、一度ごく近い距離に引っ越し、あわせて十年ほど暮らした。とても気に入っていたのだが、ひとつだけ、なにかが足りない、という気持ちがあって、考えてみると、それは、川を渡らないことだった。

最寄りの巣鴨駅まで十数分歩くあいだ、川がない。橋らしきものは駅の手前、地面より低い位置を走る山手線をまたぐ陸橋だけで、ここを渡りながら、下を通るのが電車ではなく水ならいいのに、と思ったこともある。勤務先の植栽に設えられた偽の小川すらありがたく感じるほど、水の景色がほしかった。

たぶん、十代から二十代前半までを荒川の河口近くで過ごしたのが、主な原因なのだろう。東京湾に突き出した広大な埋立地の団地群に住み、中学校は荒川と中川の合流点あたりの堤防に接していた。都心方面へ行くときは、かならず川を渡っていく。帰りは、地下鉄が地上に出て、橋に差しかかり、走行音が変わるとともに、なみなみと水を湛えた大河が目に入れば、帰ってきた、と感じる。大学生になると、ときには終電を逃して、真っ黒な水面を視界の隅に捉えつつ、深夜の葛西橋を延々と歩いて渡った。

東京湾の浅瀬を、ゴミで埋め立ててつくった人工の町なのだから、ここには、なんの歴史も由緒もない。そう思っていた。永井荷風がどこかで、葛西だか、浦安だかの浜辺から沖合を眺めた、といったことを書いているのを読んで、この沖合にあたるのが、うちのあたりなのだけど、これをもって、荷風にわが町への言及があるとは言えないだろうな、と考えたりした。

ある日、『風の旅人』（十四号、二〇〇五年）をめくっていて、神谷俊美の「東京想　ゆく川の流れ」と題した一連の写真のなかに、一九八七年に撮影した、荒川と中川の合流点に浮かぶ建設途中の首都高速湾岸線、という、まさに中学時代のわたしが日々眺めていた景色が収められているのを目にしたときの衝撃は、忘れがたい。自分の長く暮らした土地が、語るに値するものとして示されるのを、はじめて見たのだった。

神谷のこのシリーズにおいて、荒川河口と湾岸線の図像は、ほかの東京のさまざまな川辺の図像と結ばれることで、ひとつの都市の面影を浮上させる。思えば当たり前のことだが、川は時代をつらぬき、土地をつらぬいて流れるのだから、埋立地が固有の歴史を欠くとしても、代わりにそこを流れる川が、別の場所、別の時代を参照せよと促す。記憶の血管が伸びていく。

＊

荒川の上流へ越そうと考えて秩父を選んだわけでは、もちろん、ない。けれども、いろいろな条件や機会が重なって、秩父に住むことになったとき、市内を流れる川の名にあまりに馴染みがあることに一種の感慨を覚えたのはたしかで、この川をずっと下っていけば、あの川になるのか、と思った。

秩父の町は河岸段丘からなり、荒川は中心街よりずっと低いところを流れているため、町なかからも、家からも、川は見えない。とはいえ、家の窓の外は、遠くに対岸の段丘が、一定の高さに雑木林の帯を展《ひろ》げていて、その下に川があることがわかる。歩いて十分あまりで、川岸におりることができ、大小の石の上を透明な水が轟々と流れて、アオサギや、セグロセキレイのような、水辺の鳥がいる。

四年前に、たまたま誘われて、秩父の友人たちと甲武信岳《こぶしだけ》に登った。この山は、荒川、千曲川、笛吹川と、三つの川の水源を擁する。登山コースの途中にあたる千曲川の水源には立ち寄ったものの、甲武信小屋からさらに二十分ほどかかる荒川の水源は、登頂に疲れ小屋に着くなり休んだわたしは、行きそびれてしまった。それでも、荒川の源の、かなり近くまで行ったことにはなる。

甲武信岳に発する荒川は、奥秩父の谷をくだり、秩父市のあたりで一度、小石の川原が広がる開けた流れになってから、長瀞で両岸を岩盤に挟まれて、深々とした翡翠色の水面へと変化する。その後、埼玉をぐるりと回って東京に入り、河口付近で中川と合流して、東京湾へ出る。

寄居にある埼玉県立・川の博物館へ、週末に車で向かった。ここには、荒川の源流から河口までの水流と周辺地形を表現した、千分の一縮尺の巨大な野外模型がある。起点の甲武信岳から出発して、川の流れを目で追いながら、秩父へ、熊谷へ、そして葛西の河口まで、ゆっくりと歩いてみると、複数の土地の記憶が重なって、川を下ると同時に、時間を遡っているような感覚があった。

秩父と、葛西に加え、わたしにとって、川がつなぐ土地がもうひとつある、と気づいたのは、ごく最近のことだ。

＊

四歳から五歳にかけて住んだ越谷の借家が、まだ取り壊されずに残っている。年明けに親と雑談していて、不意にそう聞かされたときは、心底驚いた。

当時、わたしたちが住んでいた家は、父の勤める会社が一軒だけ借りあげた、一応社宅ということにはなるが、六畳と四畳半があるきりの狭い木造平屋だった。敷地内には同型の家屋が向かい合わせに六棟。いまから考えると、長屋のようなところがあり、六軒の関係は近かった。あるときは、怒った母親に家を閉め出されて泣いていると、向かいの小母さんからしばらくうちにいなさいと声をかけられ、すっかり機嫌を直してその家の家事を手伝う真似事などしているところへ、母が迎えに来た。

もうだれも住んではおらず、解体間近と思《おぼ》しいというので、正月休みのうちに、出かけた。本当に、覚えていたとおり、左右に三軒ずつの空き家が並び、向かって左奥の、わたしの家だった一軒の前だけ、廃棄予定と見られる家具や荷物が雑然と積みあがっていた。敷地の中央は、なにもない砂利敷きの空間で、幼稚園児のわたしは、朝五時に目が覚めてしまうので、勝手に外へ出て、ここで自転車や縄跳びの練習をした。

砂利敷きだから、自転車はガタつき、よく転んで膝を擦りむいたが、それでも毎朝試して、乗れるようになった。ここで、と、ほぼ半世紀経ったその地面を眺めながら思い出すと、途端になぜかひどく寂しくなり、わたしは駅へ引き返すべく、裏道を通って、元荒川《もとあらかわ》の河畔へ出た。

そう、幼児のわたしの暮らしは、元荒川とともにあった。川向こうのヤマハ音楽教室へ橋を渡っていくのに、いつも橋が揺れて怖かった。草の土手を、段ボールのそりで滑って遊ぶのが楽しかった。宮崎の祖母と別居して東京西郊に一人で住みつつ、時々孫の様子を見にくる祖父が、土手に腰かけて器用に草笛を吹くのを、どうすればそんな音が出るのか見当もつかず、熱心に見つめた。

元荒川は、かつて荒川の本流だったが、十七世紀の河川工事により本流ではなくなったことから、元荒川と呼ばれ、下流で中川に流れこむ。その中川は、河口付近で荒川に合流する。そこには、十代のわたしが、所在なげに立っている。

斜めの藪

家の裏手にある早咲きの白梅が、満開になった。七メートルはある大木で、家の敷地と、眼下の公園とのあいだの急斜面に生えている。だれも手入れをしないから、枝は伸び放題、去年絡んだ蔓草の枯れた茎があちこちにぶらさがっている。

この傾斜地は、河岸段丘の段と段の、階段で言えば蹴上《けあ》げにあたる部分なので、ところどころ道路に分断されつつ、帯状に横へ長くつづく。市有地なのだが、市の請負業者が草木の整備に訪れることはあまりなく、相当な樹齢と思われる大きなケヤキやヒノキの合間に、鳥が種を運んできたのだろう、ビワ、クサギ、ツバキなどが好き勝手に葉を広げ、さらにその下にシュロやササ、各種の草が生い茂り、つまりは、藪となっている。

梅雨のはじまるころになると、わたしは友人たちと藪に入り、野生のビワの実を収穫する。いま花が咲いているウメも、ビワと同じころに小さな実をたくさんつけるので、要る分だけ穫る。熟れて落ちたウメの実が地面を埋めて、羽虫がたかり、梅酒の匂いが立ちのぼるなか、籠いっぱいのビワとウメをもって斜面をのぼり、山分けにする。

家に接して空き地があるのは、もしそこに建物が建った場合には環境が大きく変わる、ということだから、土地を手に入れるときに、そうなる可能性を想像してみたけれど、この急斜面の市有地に関しては、使い途《みち》があるようには思えなかった。どう「開発」するにしても、細長い斜めの土地は、整地の手間がかかりすぎる。ここはきっと、使えない、使われない場所に留まるだろう。市による多少の草刈りや枝打ちを挟みつつ、さまざまな種類の植物が勝手に芽吹き、花を咲かせ、実や葉を落とし、日光や雨や周囲の植物との位置関係、その他無数の条件によって、勢いをつけたり、弱ったり、枯れたり、再生したりを、繰り返すはずだ。

*

庭師・修景家のジル・クレマンに『第三風景宣言』（笠間直穂子訳）という小著がある。わたしが最初に買ったフランス語原書は二〇一六年の版で、A5より少し小さい判型、全六十ページ、厚紙の表紙にホチキス止め。だれかが勝手に印刷して、綴じて、ばらまこうとするかのような佇まいだ。版元を調べると、予想どおり、アソシエーション法（一九〇一年法）に基づく非営利団体として設立されている。

これは、政治的小冊子《パンフレ》のつくりだ。現に、この文書の著作権は転載自由の「コピーレフト」が適用されている。インターネット上で全文のデータを入手でき、翻訳にも許諾は要らない。まさに、売るよりも思想をばらまくために書かれたマニフェストである。

「第三風景」という概念の由来については、本文中に説明がある。曰く、「第三風景は、第三身分に依拠する」。シエースが一七八九年に発表したパンフレ『第三身分とは何か』は、第一身分の聖職者、第二身分の貴族に対し、第三身分とされてきた平民の権利を主張して、フランス革命へ向かう世論を加速させたが、クレマンがここで宣言する「第三風景」とは、「人間による介入のなされないすべての場所」を指す。

この場合、「第一」や「第二」にあたるのは、人間が介入するすべての場所だから、都市や、農地、庭園なども入る。ただし、都市のなかでも、建築物や舗装道路のあいだに「第三風景」は点在している。道路脇や河畔の草地、手入れされない空き地。コンクリートの隙間に生えた雑草も、極小の第三風景として捉えられる。これらをつないでいくと、都市・郊外・農村といった区分けとは異なる、不定形な第三風景の地図ができる。

こうした土地は、だれもが目にしながら、大抵は見過ごしている。もしくは、個々の場所には気づいていても、ある特徴をもった集合とは見なさない。第三風景、と名づけることで、それが見えるようになる。シエースが、第三身分という言葉によって、フランス国民すべてを名指し、いまだ何者でもない、しかし何者かになろうとする存在として規定することで、革命の主体たるべき集合を可視化したように。

第三風景の特徴は、生物多様性である、とクレマンは言う。人間の手が入った土地は、生息する動植物の種類が減る。舗装した場合は当然だが、農地として使う場合も、かぎられた種類の作物を育てるために余計な草や虫を排除するのだから、多様性の観点からいえば、貧しい。美しく整えられた庭園も同様だ。

あらゆる出自の種を受け入れ、刻々と変化しながら、最終的には極相としての森林へと向かう第三風景は、企業なり自治体なりが価値を引き出そうとすれば、たちまち本来の豊かさを失う。真の環境保全を目指すなら、野放図な放棄地の野放図さそのものを守るべきだ。それは翻って、人間による土地の管理と収益化がなにをもたらしてきたかを見つめなおす契機ともなる

――『第三風景宣言』の主張は、おおむね、こんなふうに要約できるだろう。

二〇一五年の来日時に、クレマン本人がこの「第三風景」概念について解説した講演が書籍化されている（『庭師と旅人』秋山研吉訳）。これを読んでいて、傾斜地への言及に目が留まった。かつてヨーロッパでは、ヤギやウシなどの放牧に傾斜地を利用していたため、こうした土地は丈の低い草地の状態が保たれた。ところが、農作業が機械化され、家畜を放牧しなくなったことから、傾斜地は放棄され、森林と化した、という。

たしかに、昔の光景として、傾斜地の利用を考えてみると、日本でも放牧はおこなわれていたし（宮沢賢治の「種山ヶ原」）、棚田や果樹園をつくることもできる。秩父の山あいでは、急斜面を開墾して、つんのめるような姿勢で畑を耕す技が共有されていた。わたしが、敷地の裏の傾斜地を見て、斜面だから、使えない土地、と即断したのは、機械化以降の感覚によるところもあるのだろう。水平に均された敷地が並ぶ住宅地の真ん中で、すでに放棄され、第三風景化した斜面が目の前にあるとき、かつてありえた利用の可能性を想像することは難しい。

＊

第三風景の概念に沿ってクレマンが展開するプロジェクトのひとつに、「ラベルの庭」がある。サン＝ナゼールにある潜水艦基地の廃墟を、庭として再生するにあたり、屋根の一部を自由に植物が生える場所とし、年に二度、造園・景観整備を学ぶ高校生たちが、植物学者とともに、その区域内の植物をひとつ残らず同定して、ラベルを取りつける、というものだ。

第三風景論は、放棄地の風景を豊かなものとして認識するよう求める。しかし、そもそも、豊かである、と認識するには、そこにいる個々の生物の名前を知らなくては、はじまらない。名前を知る、とは、そのものの形状や生態を確認していく、ということでもある。生えている草木それぞれの顔かたちと性格を知り、彼らの各々が、時間とともに、移動したり、増えたり、消えたりすることが実感されるとき、ようやく、その場所は、汚い荒れ地ではない、多様な生物のひしめく場として現れる。

秩父へ越してきたころ、わたしは敷地から裏の斜面への下り坂がはじまるあたりに、それぞれ異なる種類の木が並んで生えているのを、いろんな木がある、としか思わなかった。けれども、その後、「山渓《やまけい》ハンディ図鑑」シリーズの『樹に咲く花』などと照らし合わせて、いまは八種類すべての名を言うことができる。同定しづらいものもあったけれど、最後までわからなかった一本も、去年はじめて実をつけたおかげで、マメガキと判明した。

二階にある仕事場の窓から、傾斜地の藪が見える。ビワは今年も、一月に、ひと知れず地味な花を咲かせていたから、きっと実がなるだろう。スイカズラは冬場も緑の葉が残り、枯れ草のなかで目に立つが、五月の開花のころにはエノキやクワの葉叢《はむら》に埋もれてしまうので、花の香を堪能する機会を逃さないよう、いまのうちに場所をたしかめておく。木々には、シジュウカラやメジロやモズやコゲラ、時にはイカルの群れが立ち寄る。

たしかに、人間のいない場所は、賑やかだ。とはいえ、ここでわたしがおりていって、咲いているウメの枝を一本もらえば、作業する束の間、わたしがこの風景の一部になることもできる。

草の名

冬のあいだ、枯れ草のなかに、あまり鋭くない鋸歯状のふちどりがついた円形の葉が、鮮やかな緑色を見せているのを、見覚えはあるけれども、なんだったか、と思いながら放っておくと、気温があがるにつれ花茎がのびて、ウメの花の終わるころに、馴染みのある紫の花を咲かせ、そうだ、これだった、と気づく。

背丈の低いうちに開花するのだが、その後、咲いたままどんどん背が高くなり、庭の一角を占拠する感じになってくる。二、三年かけて、多いところをこまめに抜いていったので、いまは食堂の窓から見える範囲で、小さめの群生が二箇所ほどと、ちょうどよい量に落ち着いた。

子供のころから知っているこの花が、秩父で住みはじめた家の庭に咲くとわかった五年前、あらためて名前を調べて、どう調べたのだったか、そのときは、ハナダイコン、という答えを得て、以来そう呼んでいた。ところが、その後、気になってもう一度調べてみると、ハナダイコンというのは本来、五月から六月に咲く別の植物の名で（Hesperis matronalis）、うちに咲くほうは、ムラサキハナナ、またはオオアラセイトウ、またはショカツサイ（諸葛菜 Orychophragmus violaceus）なのだという。ただ、こちらも「しばしばハナダイコンの名でよばれ、混乱がみられる」（『日本大百科全書』）とあるので、そう呼ぶひとが一定数いることもたしかなようだ。

実は子供のころは、ずっと、ムラサキダイコンと呼んでいた。それで通じていた気がするが、手許の図鑑にこの別名の記載はない。ムラサキハナナとハナダイコンを勝手に交ぜてしまっていたのだろうか、と思いきや、インターネットで検索してみると、個人ブログのたぐいで使用例がそれなりに出てくる。誤りだとしても、ある程度は共有された誤りであるらしい。

ムラサキダイコンは、子供のわたしにとって、千鳥ヶ淵のソメイヨシノと結びついていた。東西線沿線に住んでいたから、花見といえば九段下のお濠《ほり》で、当時も人出は多かったけれど、押し合いになるほどではなかったように思う。だれもが、サクラだけを見にいくかのように語るのだが、着いてみればいつでも、満開なのはサクラばかりではなく、淡いピンクの雲の下は、一面、薄紫の斜面だった。

小学校の高学年から中学にかけては、毎年のように行っていたはずで、その時々のことは、あまり記憶にないものの、北の丸公園は、同級生とずいぶん遊びまわった覚えがある。奥のほうの、濠の石垣沿いに、ひとのあまり来ない、好きな一隅があった。サクラの木にのぼったこともあったような気がする。

高校生になると、東西線の東の端から、西の端に通うようになったので、真ん中にある九段下は、定期券で自由に乗り降りできた。そして、わたしは学校に行きたくなかった。ある朝、登校すべく地下鉄に乗って、北の丸公園に花が咲いているな、と思い、すると、足が動いて、九段下駅のホームにいた。制服の肩に鞄を引っかけた姿で、淡いピンクと薄紫の千鳥ヶ淵を眺め、公園をゆっくり歩いて、ハクモクレンの大木を見あげた。このころには、もう、サクラよりモクレンがいい、と思っていた。

このあたりのことを思い返すとき、わたしはやはり、ハナダイコンでも、ムラサキハナナでも、オオアラセイトウでもなく、ムラサキダイコンと、当時いつもそう呼んでいた名で呼びたくなる。正確な名称を学び、使いたいと思う一方で、かつて使っていた名称は、たとえ誤用であっても、それを使っていた時間と切り離すことが難しい。とはいえ、誤解や混乱を広めてはいけないから、今後は、ムラサキハナナか、いっそ牧野富太郎の命名だというオオアラセイトウと、人前では呼ぶこととして、ムラサキダイコンは喉の奥に留めておこう、と思う。

ただ、そんなふうに思うのは、現在の「正しい」名を、恒常的なものと見なしているためで、実際は、草木の名は揺らぎが大きい。誤った名も、広く通じるようになれば、もはや誤っていないことになる。現に、わたしがしばらくのあいだ、ハナダイコン、を採用していたのは、調べ方に問題があったとはいえ、そう呼んでおけばいいとうっかり判断するほどには、この名の使用が広がりを見せていたせいで、先に挙げた百科事典の記述が、この別称に抵抗するのは、まったく異なる別の種を指す名だから、というのが、主な、あるいは唯一の理由ではないかと思われ、もしそうでなければ、数ある別名のひとつとして、何事もなく受け入れられているのかもしれない。

小川町で畑の世話をしながら食堂を営むOさんは、一貫して、ショカツサイ、と呼んでいる。ほかの名では呼ばないので、最初はなにを指しているのかわからず、聞き返すと、そのころのわたしがハナダイコンと呼んでいたもののことだった。ショカツサイ、の名を選んだ理由を聞いたことはないけれど、諸葛孔明が野菜として広めたという伝説が気に入っているのではないかと思う。

そのように、話している相手におおむね通じるかぎりは、巷に流れる呼び名のうち、好きなものを選べばいいのだ、と考えると、時々は、ムラサキダイコン、を口に出してみようか、という気にもなってきて、わたしにとってのこの草の名は、またも、ふらついてくる。

＊

黒田夏子「タミエの花」は、そういった植物の名のあり方を、正面から主題にした短篇小説だ。同人誌に発表されたのは一九六八年だが、早稲田文学新人賞受賞の翌年、二〇一三年に刊行された単行本『ａｂさんご』に収められたので、書いてから四十年以上経って、広く世に出たことになる。

タミエという少女は、ときに学校へ行く代わりに、近くの裏山へ吸いこまれるように入ってしまい、「上機嫌で花や草の一つ一つに構いながら、五時間六時間歩きまわる」。構う、というのは、さわったり、むしったり、顔をうずめて匂いを嗅いだり、食べたりすることで、彼女はこうして、名を聞き知ったものから、名は知らないが五感を基準に同定できるものまで、山に生えるおよそすべての植物を知っている。知っている、という自負がある。

ある日、山を歩いていると、植物学者らしき初老の男に出会う。自分のほうが近しいはずの植物を、自分のあずかり知らぬ名で勝手に呼ぶ男に、気分を害して、タミエは思いつきの、しかしその植物の特徴を採り入れている点ではいかにも俗称としてありそうな名前をでっちあげる。ハハコグサを、カタクリマブシ、という具合に。学者は気づかず、感心して、メモを取る。正しい名前と偽の名前、知っていることと知っているふりとのあいだで、密かな駆け引きをつづけながら、タミエは植物学者の調査に付き合い、この山の真の主としての面目を自分なりに保つ。ところが、一度出会ったきりでまだ名前を知らない、とりわけ美しい花のことを、テンニンゴロモと呼んでみた彼女が、その形状や花期を男に説明して、それはシャガではないか、と言われたとき、おそらく男が正解を述べたのだろうと直感して、であればこそなおさら、逆上した彼女は、シャガなら知っているがそんなものではないと、シャガとの比較におけるテンニンゴロモのありもしない特徴を言い立てて、名前ではなく、今度は植物そのものをでっちあげ、そうしている自分に、打ちのめされる。

　植物とその名を軸に、感覚と知識について、名づけることの権力について、あるいは、言葉をもたない者から言葉をもつ者への復讐の可能性について綴った、忘れがたい佳品だと思う。ただ、終盤で、タミエが名を知らずにいた特別な花を、男がシャガと名指したことで、シャガが実在の花であることを知る読み手にとって、またタミエ自身にとっても、彼女の敗北が示されてしまった。

　いまの黒田夏子なら、おそらく、名指さないだろう。「ａｂさんご」でも、最新作『組曲わすれこうじ』でも、通常なら一言で呼んで済ませるものの名を、そうしないのが、彼女の作品の目立った特徴だが、たとえば「知らなければ気づけないほどくすんだ五弁花を冬うちに咲かせて翌年のわすれたころになってたわわな食用果をともす木」と書いたりするのは、なにも衒《てら》って迂言法《うげんほう》を用い、ビワ、と答えられる読み手かどうかをうかがっているわけではなくて、むしろ、名指さずに長々と描写することで、その木肌や葉や花や実を撫でまわしたり嗅いだりするのと似たことをしているのではないだろうか。一語で言い換えれば、そのような時間は消えてしまう。だから、語り手は、名を言わない。読み手も、知っている必要はない。

名づけないことによって、少女の時間は保たれる。横組みでの出版を求めたり、漢字と平仮名の独特な組み合わせをあくまで崩さなかったりするのも、描かれる子供の、自分の世界を守ろうとする頑固さにふさわしい。子供の視線――いや、視覚というよりは、嗅覚や、触覚や、それらをもって完全に認識された事物のありさまが、そこには、たしかに書かれている。

バラに取り憑かれた編集者がいた。二〇一一年の地震と原発事故のあと、鬱々としていた時期に育てはじめた、と言っていた。そのころ、わたしは文京区に住んでいた。M氏の家は歩いて行ける距離だった。

日当たりのいい自宅の屋上には、さまざまな品種の大きな植木鉢がひしめいていた。色とりどりの、高価そうな、大輪のバラ。そうだ、と彼が言った。このあいだ、誘引してたら、枝が折れちゃってさ。ああーっ、て、なったんだけど、挿し木にしてみたら、成功したの。あげるよ。ちょっと変わった色の花、薄いベージュみたいな、なんともいえない、渋い色。うん、合うと思う。

バタースコッチ、という、その品種の苗を、重いからといって、夫妻でわたしを送りがてら、家まで運んでくれた。わたし自身は、花の美しさを競う新種の開発が一大産業として展開され、その分、管理に手のかかるバラというものを、進んで育てるほうではない。でも、そんなふうにもらった苗だから、特別扱いということにして、ベランダに置いた。

四季咲きつる性、と種類を調べ、バラ好きの親戚に助言をもらったりもして、いい加減ながら、冬の植え替えと剪定、施肥、誘引、芽が出たら虫取り、咲いたら花柄摘み、とひととおりはつづけた。毎年、つぼみは白っぽいなかに刷いたようなピンク色、開くと淡い黄とピンクとオレンジを帯びたクリーム色から、色味がさらに淡くなるとともにベージュ色へ近づく、という、バラと聞いて思い浮かぶ華やかさとは対極にある色の花を咲かせた。バタースコッチという名から考えれば、キャラメル色ということになるのだろうけれど、実際のところは、たしかになんともいえない、そして、たしかにわたし好みの色だった。

ふだんはしないけれども、これも特別扱いの一環で、名前をつけてみた。といっても、子供のころから、凝った名前はつけない傾向があり、もっともよく遊んだぬいぐるみはパンダとゾウだったが、それぞれ、パンちゃんと、エレちゃん、と呼んでいた。バタースコッチは、バタコさん、ということにした。

秩父に連れてきたときは、いずれ外構が整えば、地植えにしようと思っていた。やはり手のかけようが足りないのか、枝が細く、だんだん元気がなくなっているのが気になってはいた。外構の工事に着手できないまま、大学の研究期間で一年間スイスに暮らすことになり、留守にした猛暑の夏、預けたバタコは枯れてしまった。

M氏になかなか言えずにいるうちに、共通の知り合いのライブ会場でばったり会ったので、実は、と切り出した。彼がどう思ったかは、わからない。一瞬だけ、残念そうな目をしたように見え、そして少し間を置いてから、いや、いいよ、別のをあげる、と言った。それが最後で、三か月後、彼は五十二歳で急逝した。代わりのバラは宙に浮いた。

彼の育てていたバラのどれかを、形見に一鉢もらえないか、と思ったりもしたけれど、白いバラや赤いバラが家の庭にある光景は、うまく像を結ばない。亡くなって一年が過ぎたころ、そうだ、同じ品種のバラを自分で買えばいいのだと、ようやく思いついた。運よく苗が見つかって、植えつけたのが去年の初夏。いま、二代目バタコさんは、驚くほどたくさんのつぼみをつけている。

＊

しかし、バタコさんと名づけた、とはいっても、かつてぬいぐるみにしたように、そしていまでは知り合いのイヌやネコやヤギに対してするように、面と向かってそう呼びかけるのかというと、そうでもない。理由は、はっきりしている。

花を咲かせた草を、人間に似せて絵に描くなら、まず、花を頭部に見立てるだろう。手足が必要なら、葉や枝に代役を務めてもらう。サン＝テグジュペリによる『星の王子さま』の挿画では、王子の星のバラは、一本の主枝に一輪のバラが咲いていて、顔が描かれていなくても、人間の立ち姿のように見える。

他方、地上に降りた王子が、たくさんのバラが咲く庭を見て、それがありふれた花であることを知って衝撃を受けるとき、バラは、わたしたち、と言う。つまり、花の一輪が一人の人間に擬せられていて、同じ幹から枝分かれして咲いたバラたちは、集団、ということになる。するとこの場合、株元の部分は、動物で言えばなににあたると考えればいいのだろうか。

庭のバタースコッチには、いま、八十個ほどのつぼみがある。仮にすべて開いたとして、花を顔と見なすなら、バタコさんには八十の顔があることになる。そうすると、花が終われば、顔がなく手だけが無数にある生物になるのか。人体、ないし動物の身体のモデルに重ねようとすればするほど、植物は不気味な存在に見えてしまう。中心となるひとつの顔をもたないから、面と向かって名を呼ぼうにも、相対すべき対象がない。目の合わせようがないのだ。

フロランス・ビュルガの『そもそも植物とは何か』は、このように人間や動物とまったく異なる存在としての植物のあり方を確認する上で、役に立つ。動物という存在を規定する個体の概念、そして生と死の概念は、植物においては成り立たない。完全に伐り倒しても、伐り株から新たな枝が伸びる。干からびて何年も経った種子が、水分をあたえられて芽を出す。同じ木を延々と増やしていく挿し木、二種類の木を接ぎ合わせる接ぎ木。個体としての中心も、限界もない。ひとつの生命が生きて死ぬ、という存在の仕方とは別のところに、植物はいる。

したがって、ビュルガの考えによれば、植物を、人間や動物に擬して考えるべきではない。環境に対して反応はしても、主体的な意志も、感覚ももたない植物というものは、わたしたちからとても遠い。その遠さを直視しないかぎり、植物を正確に理解することはできないだろう。

ここまでは、バラに固有名をつけてみたときにわたし自身の覚えたためらいに応えるもので、一定の説得力がある、と思う。ただ、ビュルガの物言いには、植物をことさらに動物と対立させ、動物に備わった性質を軒並み欠いた存在として切り捨てる傾向がある。

ビュルガは哲学者だが、専門は植物ではなく、動物だ。近年、植物には意志も感覚もある、との主張が広がりを見せ、これが植物の権利を訴える根拠として用いられている。さらに、この主張が、菜食主義への批判ないし揶揄と結びつくことがある。動物がかわいそうというなら、植物はどうなんだ、というふうに。動物の権利の専門家であり、ヴィーガンであるビュルガは、こうした言説の全体を仮想敵と定めて、この本を執筆した。

だから、植物は人間や動物とまったく異なる、というテーゼは、はじめから彼女にとって揺るぎのないものであり、かつ、はじめから動物の側に立った上でそのような対立を設定しているのだから、どれほど客観的な記述を心がけたとしても、植物および植物を好む人間を侮る視線は、行間から滲まずにいない。

ニンジンがかわいそう、と言ってヴィーガンを攻撃する層のかかえる問題を指摘する必要があるのは、わかる。しかし、だからといって、植物を動物の生命になぞらえて語ることを、ひとしなみにくだらない幻想として否定するのは、どうだろうか。

初代バタコさんは、M氏が挿し木で増やした苗だ。元の株も、挿し木や接ぎ木を繰り返しているだろう。たしかに、その意味では、どこかに生きつづけている。けれども、わたしにとっては、特定の経緯のもとに、特定のひとから託された、ひとつの鉢だけがあり、その株は完全に枯れたことを確認し、土から出して廃棄したのだから、バタコさんは死んだ、と言っていいはずだ。そう認識して、悔やみ、M氏が亡くなってさらに悔やんで、ある日、新しい苗を二代目として迎えた。そのようにしていま、ここに一株のバラがいることは、存在の様態が動物とは大きく違うために、名前で呼びかけづらかったことと、矛盾しない。

サルビア・ガラニチカ

　秩父へ来る前に六年ほど住んだ文京区の古いマンションは、玄関先に植えこみがあった。小さいながら、五、六種類は植わっていただろうか。当時は植物に疎かったから、同定できないものも多かったけれど、サンショウがあり、たしかツバキもあった。なかでも目立つのが、サルビア・ガラニチカだった。

　サルビア・ガラニチカは、メドーセージの名でも知られるが、この流通名は日本国内でしか通用せず、本来は別の種を指す名らしい。とにかく花期の長い宿根草で、腰の高さまで伸びた茎の束に、発光するような鮮やかで深い青紫の花が、咲いては落ち、落ちるとまたすぐにつぼみをつけ、初夏から秋口まで延々と咲く。建物の入口にこの色があると、帰ってきたときに、明かりが灯っているかのようだ。いつか家を手に入れることがあったら、玄関に植えよう、と決めた。

　そう思いはじめたころは、家を手に入れるなど、まったく現実味のないことだったけれど、そのうちに現実になって、秩父に住みかができた。引っ越してきてからは、街を歩くたび、あちこちの民家の植栽を眺めては、寒暖差の激しいこの土地で育つ草木をたしかめたが、特にサルビア・ガラニチカのある場所は、自然と頭に入った。花茎をもらって、挿し芽で増やそうと目論んでいたからだ。この草は、いったん根づくと、地下茎で際限なく増える。切ったり掘ったりして減らすのが普通だから、花の咲いている時期に頼めば、分けてくれるだろう。見知らぬひとに、ものを分けあたえたり、所望したりする習慣は、ほとんど絶えてしまったように思えるが、植物に関しては、そうでもない。どんどん育ったり増えたりしていくものは、自分の所有物として囲いこんでも仕方がないから、友人知人のあいだで種や苗を交換するのはもちろん、知らない者同士でも、お互いに草木を育てるのが好きだと確認できれば、分け合う話に発展することはある。

通勤時にいつも通る道に面した駐車場に、とりわけ威勢のよいサルビア・ガラニチカがあった。近くの店に持ち主を聞いて、持ち主と話せたら花茎を何本かもらって……と思いつつ、通りすぎるのだが、行きがけは大抵急いでいるし、第一、茎をもらえたならすぐに挿し芽にしなければいけないのだから、無理だ。そして、帰りは夜になるから、声をかけられない。休日であっても、あちこちへ寄る予定があると、諦めなくてはいけなくて、そうこうするうちに花期が終わってしまう。そのうちに、と思いながら、何年も経ってしまった。

けれども先日、晴れて爽やかな五月の午後、自転車で買い物帰りに、たまたま駐車場脇へ差しかかると、青紫の花が、あふれるように咲いていた。いまだ、という気分で、ためらうこともなく、入口を開け放した隣の床屋に、すみません、と声をかけると、主人は、怪しげな飛びこみ営業とでも思ったか、警戒する顔つきで振り向いたものの、あの駐車場のお花は、どちらが育てていらっしゃるのでしょうか、と花のほうを指さすと、途端に相好を崩して、ああ、あの花？　あれはうち、と答え、育ててるのは家内だから、と、二階にいた奥さんを呼んでくれた。

鋏を持って出てきた奥さんに、嬉しいです、家で育てたくて、と言うと、育てるなら株ごと持っていったら、と言いながら、いったん家へ戻って、今度は移植ゴテとビニール袋を持ってきた。そして、どんどん増えるのよ、こんなふうに根が張って、と言いつつ、つぼみのついた株を掘りあげると、それとは別に、花のついた茎も、切り花用に何本か切って、両方くれた。

帰宅して、花束のほうを生けたあと、門の脇に穴を掘り、株を植えつけた。直後に梅雨入りして、日光が足りていないのが少し心配ではあるけれど、根づくことは根づいて、つぼみもふくらんできた。機会がめぐるのをずっと待っていた仕事が、ようやく済んだ気がする。

＊

前にいたマンションのサルビア・ガラニチカは、わたしがまだ住んでいるあいだに、なくなってしまった。

一九七八年築、四階建ての小さな集合住宅で、年配の家主、Ｕさんが暮らす一階は、戸建てだったころの庭を残していた。大手建設会社に勤務していたＵさんの亡き夫が、材料を選り、自ら設計に工夫を凝らして建てた、ということは、あとから知ったが、この築年にしては高い天井や、狭い床面積ながら上がり口から居室が丸見えにならないよう角度をつけた部屋のつくり、木の風合いを活かした建具などを見た段階で、そのことはなんとなく了解できた。

おそらく、竣工時の特徴にも増して、このマンションを同種の建築から際立たせていたのは、当初の特徴を家族が変えずに守ってきたことだろう。二階以上の部屋のうちの三室は、Ｕさんの三人の娘たちがそれぞれの家族とともに暮らし、主に末娘のMさんが母親に代わって大家の仕事をこなしていた。

　壊れて取り替えた部分は別として、父親が建てたころの設備を全室そろえて変更したり、「時代に合わせて」足したりした箇所は、ほぼなかったのではないかと思う。インターフォンはなく、ボタンを押す指の力で電流を流してベルを鳴らす機械式のチャイムだったし、給湯は旧式の電気温水器だった。ベランダから真下の小さな庭を覗けば、モクレンがあり、夏ミカンがあり、陶製の腰掛けを置いた芝生の一画があり、池には錦鯉が泳いでいた。毎日のようにホースで水を足していたが、のちにMさんから聞いたところでは、かつては、水を循環させて砂利で濾過する父親自作の浄水装置を使っていたという。装置が故障したあとは、Mさん姉妹が水道水を注いで、澄んだ池を維持していた。

　マンションの入口には、モダンな英字ロゴでマンション名を記した電光看板と、中二階に設けられたマンションの玄関ホールへ向かう煉瓦風の敷石を敷いたアプローチと外階段があり、そのアプローチの横に、サルビア・ガラニチカと灌木類が植えられていた。

　Uさんは、足が悪く、体調が優れないことも多いようで、ほとんど顔を合わせなかった。しっかりした、物柔らかな女性だった。空室が出たとき、入居するなら、とわたしに教えてくれたのは、このマンションの一室に長いこと暮らすEさんだったが、彼女によると、Uさんは能の謡《うたい》と仕《し》舞《まい》が上手で、Eさんは彼女から謡を教わっていた時期もあったという。そこで、入居前の面談の際に、わたしが能管《のうかん》を長らく習っていることをUさんに伝えると、喜んだ。

能管は音が大きいため、自宅での練習に気を遣う。でも、能に親しんでいれば、こちらの吹く《中《ちゅう》の舞》や《神楽》は、下手であっても、騒音には聞こえないだろう。気分がよければ、曲に合わせて舞うことすらできるはずだ。それぞれの曲の意味を知るひとが階下にいることを感じながら吹けるのは、心強かった。

そして、ある日、Uさんが亡くなった。結局、数えるほどしか会うことはなく、いつか能の話を、と思っていたのも、かなわなかった。家賃や契約更新のやりとりは、もとより末娘のMさんが仕切っていたから、こちらの生活に変化はない。

ところが、Uさんの死去から一年が経ったころ、勤め先から帰ってくると、Mさん姉妹が、力仕事を終えたひとのせいせいした笑顔で玄関先にいて、あの植栽は、きれいさっぱり、消えていた。あとには、一種類のツゲの苗ばかりが、等間隔に植えられていた。

ひとが亡くなったあと、そのひとの影響は、意外と、すぐにはなくならない。故人の大切にしていたものに、身内はしばらく手をつけずにおく。故人に見られている気がするせいか、周囲への遠慮か。あるいは、相続にまつわる問題も絡むのかもしれない。だが、一周忌を済ませたころになると、そのひとがもう完全にいなくなったことが納得されて、そろそろ片づけにかかる。辛辣に過ぎる言い方かもしれないが、そんなふうに見えた。

思えば、建物や庭が、建てたときのまま大事に保たれていたのは、夫の遺したものを守ろうとするUさんの意志が、建物の全体にみなぎっていたためで、彼女が手間を惜しまずに維持管理をつづけていたからこそ、体を動かすのが難しくなったあとも、彼女の視線があるかぎり、子供たちは同じ仕事を引き継いでいたのだろう。しかし、玄関前の小さな植栽ひとつとっても、あの空間に収まるよう植物を世話するのは、並大抵ではない。夏じゅう花を咲かせるサルビア・ガラニチカは、裏を返せば、夏じゅう、公道に散る花びらを掃除しつづけねばならない花なのだ。

いなくなって一年経って、はじめて、このマンションの潔さは、老家主の存在に支えられていたのだと、はっきりわかった。家の魂が抜けていくのを見るようだった。もちろん、Mさんはきちんと管理業務をつづけてはいるのだが、次第に、どことなく、空気が弛緩してくる。長く留まる借り手の多いマンションだったのに、出入りが増えてきた。わたしは、言われたことのなかった苦情を、突然、Mさんの姉に言われて、ひどく驚いた。外から戻るたび、玄関先の単調な植栽を横目に眺めては、背丈、生え方、葉の形状と質感、花期などをとりどりに組み合わせたあの小ぶりながら見事な植栽が捨てられてしまったことを思い、気が滅入る。

このころ、すでに、こまごまと刈りこまなくても草木が育っていられる場所へ移る準備を進めていた。潮時だな、と思った。

＊

あのマンションと、Uさんの存在のことを考えていて、頭に浮かんだのは、ジョーン・ロビンソンの『思い出のマーニー』（松野正子訳）だ。

子供のころ何度も読んだ、黄ばんだ岩波少年文庫版が手許にある。自分にとっては、そういう本だから、距離を置いて評価することが難しい。いま読み返すと、腑に落ちない部分もある。とはいえ、主人公アンナの見た幻影であることをほのめかされながらも、あるいは、そうであるがゆえになおさら、強烈な存在感を放つマーニーの造形は、やはり特別な魅力をもつものだと思う。

これは、家の魂をめぐる物語だ。早くに親を亡くし、養母にも同級生にも心を閉ざすアンナは、ロンドンから、イングランド東部ノーフォークの、海に面した村に預けられる。到着早々見つけた、入江《クリーク》沿いに建つ無人の古い邸宅に、アンナはなぜか強く惹かれる。村人に「しめっ地やしき」と呼ばれるその館には、いつの間にか、アンナと同年代の女の子、マーニーが住んでいて、二人は仲良くなる。マーニーは、古めかしい衣装を着て、とても裕福で、神出鬼没の、不思議な女の子だが、あるとき、アンナを裏切るようにして消え、動顚したアンナは海でおぼれかける。

寝こんだアンナが回復し、マーニーの記憶も薄らいだころ、「しめっ地やしき」に七人家族が越してくる。ある日、子供たちの一人が、家で見つけたと言って、昔の住人のものらしい日記をアンナに見せる。表紙にはマーニーと署名があり、中には、アンナがマーニーとともに体験した出来事が綴られていた。

「しめっ地やしき」のマーニーは、実在した。それは、アンナが三歳のころに亡くなった祖母だったのだ。彼女は生前、幼いアンナに屋敷の写真を見せては、自分の少女時代のことを語って聞かせた。アンナ自身はそのことを覚えていなかったけれど、記憶の奥底に潜んでいた。だから、はじめて屋敷を見たとき、祖母から聞かされた話を無意識に呼び出して、自分の居場所を見出せない不安定な精神状態のなか、少女のころの祖母を幻の友だちに仕立てて遊んでいたのだ。こうして、屋敷と、マーニーと、アンナとの関係が明かされ、物語は大団円となる。

つまり『思い出のマーニー』は、家のない子が、家を見出す、家へ帰る、という、児童書の世界に連綿と引き継がれる主題を扱った作品で、この点については、そうまでして子供はおうちに帰らねばならないのか、と思わないではない。実際、わたしは読み返すたび、マーニーの出てくる前半は熱心に読むけれど、種明かしの部分はすぐに忘れてしまう。

しかし、この物語が面白いのは、子供が故郷を、あるいは親を、探し求めてたどりつく、というよりも、建築としての家そのものが、子供を呼び寄せるところだろう。しかも、子供を家へ招く役割を負うのは、そこにかつて住んだ、少女のころの祖母で、彼女は、家の亡霊であるとともに、子供の合わせ鏡でもあるような存在として、家の意志を実現する。

と、ここまで考えたところで、あのマンションについて、家の魂が抜けつつある、とわたしが感じたのは、単に、自分に感じとれるものが少なかったからではないか、と思えてきた。たかだか、数年しか暮らしていないのだ。

両親が自宅を集合住宅に建て替えた当時からそこにいた三姉妹にとっては、植栽やほかのいくつかの片隅に手を入れたとしても、父母の気配は、ありあまるほどに濃いのだろう。人生半ばになって西のほうから東京へ移り住んで以来の長い日々を、あのマンションの住人として、時には家主の話し相手となりながら過ごしたEさんもまた、きっと、わたしには見えないものを見ている。わたしはただ、サルビア・ガラニチカという草を、あの空間に教えてもらった、そういうことにすればいい。

土のあるところに引っ越そうと、行き先を探しはじめたとき、最初に眺めたのは電車の路線図だった。仕事で東京都心に通うから、電車での移動に時間と料金がかかりすぎず、車内で疲れすぎないことが大事で、それだけで選択肢はかなり絞られる。秩父は、西武鉄道の特急を使えば池袋まで八十分で着く。全席指定で楽に座っていられて、仕事も読書もでき、その分、特急料金がかかるけれど、毎回払ったとしても、通常「通勤圏」と見なされる地域に家をもつよりも、ずっと安くつく。そんなふうにいろんな要素を天秤にかけて、候補地を固めていった。

一昨年来の感染症の蔓延で、電車に乗らない日がつづいた時期もあったが、最近は、大学の授業だけでなく、大学外で多くのひとが集まる行事や大会も「対面」に戻るものが増えて、先日、そのような催しのひとつに参加するため、日曜に特急に乗って都内へ向かった。終了後は、たまたま帰りが一緒になった同業者数人で、だれからともなく言い出して、ともに駅前繁華街の飲食店で打ち上げる、という、三年前までならわざわざこうして書き留めようとも思わなかったことを、ひさしぶりの体験として噛みしめたのち、西武秩父行きの最後の直通電車となる特急に乗るつもりで、走って改札にたどりついてみると、特急は運休で、普通列車も止まっていた。

ホームに止まったままの普通列車に乗りこんで、運転再開を待つ。三十分ほどの待ち時間、発車後の時間調整のための停車をふくめ、三時間かかり、深夜に困憊して家に帰り着いた。そして翌朝、疲れを残した体で、大学へ通うべく西武秩父駅に着くと、またも同じように、特急は運休で、西武秩父駅から池袋駅まで、全線、各駅停車に乗るしかなく、やはり三時間かかった。二日連続で「人身事故」による運休・遅延に遭遇したのは、はじめてだった。

人身事故、と聞くと、いつも、瀧波ユカリの『臨死!! 江古田ちゃん』に登場する、江古田で居酒屋を営むイラン人、モッさんの台詞を思い出す。イランでのテロ発生のニュースに、よくあることだからと平然としているのを、こっちではそういう感覚はない、と主人公に言われた彼は「そお？　東京は東京ですごいじゃん／電車で「人身」があってもいちいち心痛めたりしないでしょ?」と言う。

「人身事故」が、ほとんどの場合「飛びこみ自殺」を意味することは、だれでも知っている。知っているが、そうは言わない。そう言わないにもかかわらず、ふだんは常識的で温厚なひとが、目を輝かせるようにして、主に目撃者からの伝聞のかたちで「現場」の凄惨さを語る場面に、わたしは何度も遭遇したことがある。また、ホームや車内で「人身」のアナウンスにあからさまに苛立ち、迷惑だと吐き捨てるひとを見かけることも、珍しくない。だれかが自ら車輪に体を轢かせて命を絶った、という重みを、「人身事故」という言葉で覆い隠して、個別具体的な現実から乖離した「怖い話」「困った話」にすり替える。毎日、そうしている。

自分が二日連続で影響を受けたから、その印象のせいもあるだろうけれど、他の路線もふくめ、このところ、多いような気がする。そして、全国の自殺者数が、新型コロナ感染症が拡大した二〇二〇年に増え、翌年もほぼ変わらないこと、また動機として「経済・生活問題」の割合が増えていることも考えれば、感染症蔓延に端を発した困窮と、飛びこみ自殺が増えている印象とを、結びつけずにはいられない。公式の行動制限がつづくあいだは気を張って耐えてきたのが、緊張がほどけかけたこの時期に、糸が切れたのではないか。

仕事帰りに、たまたま一緒になって、夕食をともにする、という日常が、わたしには戻ってきたが、二度と戻ってこないひともいる。二度目の特急運休で、延々と電車に揺られてうとうとしながら、今日の日本で、都市における鉄道への飛びこみは、抗議や告発の意味をこめた焼身自殺のようなものではないかと、不意に思った。

＊

電車に殺されるのは、人間だけではない。

夜、池袋から、帰りの特急に乗り、郊外の住宅地を過ぎ、入間基地を過ぎ、飯能に着く。スイッチバックで発車すると、電車はひと息に、奥武蔵の山のなかへ入っていく。いくつものトンネルをくぐりながら、暗い森を二十分か三十分ほど走ったところで、急ブレーキがかかる。よくあることだ。

ただいま動物と接触したため、急停車いたしました、これから車両点検をおこないます、と放送が流れ、乗客のあいだには、またか、という空気が漂う。あるときは、東京へ遊びに行ってきたのか、発泡酒を飲みながらのんびり話をしていた若い女性二人連れが、間延びした小声で、シカだよお、シカって言えよお、と言い合った。停車はおおむね十五分程度だろうか、それほど長くかからずに、運転は再開される。

四年前にスイスに滞在していたとき、こうした野生動物の列車事故を防ぐため線路脇に電流柵を設け、ただし列車が通らないときは電流を切って、動物の生活圏が分断されないようにする、という技術を紹介する新聞記事を読んだはずだが、と思い、フランス語で検索してみると、スイスでも、フランスやベルギーでも、鉄道によって動物の命を奪わないためのさまざまな方策が採られている。

日本でも、高周波音を流したり、動物がいやがる臭いを撒布するなど、鉄道各社が対策を講じているようだ。しかし、それにしては、よくぶつかる。実際、「読売新聞オンライン」の記事（二〇二二年二月十五日）によれば、ＪＲ東日本管内での野生動物との衝突事故は年々増加していて、二〇二〇年度は千八百件、その八割ほどがシカだという。一時期よりは個体数は減少しているのに、事故が増えつづける原因は、はっきりしないが、山林の荒廃で餌が不足し、人家近くの耕作放棄地に出入りするようになったのが一因らしい。これは、近年、クマが人家の周辺によく出てくることについて言われるのと同じ理由だ。大規模な植林をおこないながら、林業の衰退とともに山林を放置し、同時に農村の過疎化と離農を招いたのは、言うまでもなく、人間であり、この国の政治と社会であって、野生動物はあおりを食った末、電車にはねられていることになる。

秩父の友人、Ｙくんと話していて、シカの衝突事故が話題になったとき、彼は、いや、けっこう平気らしいよ、大きいシカは頑丈で、ぶつかって倒れるんだけど、むくっと立ちあがって歩いていったって聞いたことがある、と言った。そのときは、思いがけずのどかな展開に、頬がゆるんだけれど、よく考えてみれば、そんなことばかりであるわけはない。死ぬつもりで線路に身を投げる人間と違って、轢かれるよりは跳ねとばされるのだろう、とは思うが、それでも、激突したり、巻きこまれたりして死ぬ個体も多いはずで、上記の新聞記事でも、「死骸の除去」についての記述がある。停車時間が短いのは、警察の現場検証や丁寧な清掃が入る人間の場合と違って、当座は死体をよけるだけで済むからだろう。にもかかわらず、ぶつかってもすぐに平気で立ちあがった、という、範例的とは思えない事例が、範例であるかのように伝播《でんぱ》するのは、やはり、そうだと思いたいわたしたちの欲望が、そうさせているのではないだろうか。死の現実から目を逸らすための物語が、ここにもある。

今日、人間の支配する世界は、動物の殺戮に満ちている。生田武志『いのちへの礼儀』に論じられるとおり、食肉や油や毛皮や実験のために、わたしたちは大量の生命を奪う巨大なシステムをつくりあげた。鉄道は、無論、殺すことが目的の産業ではないが、とはいえ森を開発することで動物の生活環境を乱し、それが衝突事故につながっている、という意味では、やはり、動物の生命を脅かすシステムの側にあるものと考えることができるだろう。

生田は、しかし、そのような制度化された動物殺害の諸相と、それに対する動物解放の言説を紹介するに留まらない。「前篇」でその作業をおこなったあと、「間奏」と題した断章で、オウムのルルと特別な関係を築く女中フェリシテを描いたフローベールの「純な心」(「素朴なひと」という谷口亜沙子による訳題のほうが原義に近い)に焦点を当てると、これを折り返し点として、「後篇」では、「国家・資本・家族」の制度に虐げられ、あるいは切り捨てられる人間と動物とが、連れだって現実を生き抜くさまを、多くの文学作品に託して分析していく。たとえば松浦理英子『犬身』と、木村友祐『野良ビトたちの燃え上がる肖像』とは、まったくタイプの異なる作品だが、たしかに、どちらも、前者は家族と性をめぐる権力構造、後者はネオリベラリズムと管理社会の歯車に、獣とともにあることで、さらには、獣に成り代わることで、対峙する。

それらは、現実を覆い隠すための物語ではなく、現実を読み解き、編み直す物語だ。大都市と山地とをつらぬく電車に乗るわたしは、車輪の下で死んだ人間たちと動物たちが、交じり合ってひとつの大群をなし、憤然とどこかへ進んでいく光景を夢想する。

雲百態

日暮れどきに西武秩父駅へ帰ってきて、天井の梁《はり》に巣をかけたツバメの雛の鳴く駅舎を出ると、翳ってきた青空を背景に、目の詰まった入道雲が、武甲山を取り巻いて四方へ大きく広がっている。あまりの暑さに今朝は駅まで車で来たから、駐めてある駐車場のほうへ抜けると、さらに空が広々と視界を占めて、右斜め上に、三日月が出ていた。

　自宅で仕事をする日も、よく空を見る。二階にある仕事部屋の窓ぎわに置いた机は奥行きが狭く、外の景色はすぐそこに見える。窓の前は下り斜面で、下りきったところに公園と道路と家並みがあり、その先は、荒川の対岸沿いの斜面が緑の帯をなす。帯の上に、大きな空がある。

　西向きの窓で、午後になると直射日光が入るため、カーテンを閉じて仕事を進め、夕日が対岸の段丘に隠れたら、カーテンを開ける。すると空は、薄い青だったり、ピンクだったり、オレンジだったりして、そこへ季節と天気に応じて、いろいろな雲がかかっている。刷いたようなのや、鱗状に並んでいるのや、もくもくと分厚いのや、それらの組み合わせが、空の色に変化をつけて、その空の色も雲のかたちも刻々と変わっていくのを、しばらく眺める。

　当たり前のことを書いているだろうか。東京都心にいたって空は見えるし、なにしろ、勤務先の定位置は、高台にそびえるビルの十三階なのだから、空が大きく見えることに変わりはないはずだ。けれども、眼下に延々とつづく建築群の果てにある空は、遠い。なんとなく、色味が鮮やかさに欠けるのは、空気の濁りも関係しているのだろう。

秩父にいるときは、晴れの日のたびに、眩しい、複雑な色とかたちが、目の近くに迫ってくる。そして、絶えず姿を変える。目が離せない。

＊

雲の浮かぶ夕空を撮った写真を見ていて、そういえば、しばらく前に、雲の出てくる詩をたくさん読んだな、と思った。

思い出してみると、それは一篇の詩ではなく、草野心平が宮沢賢治の『春と修羅』に現れる雲をひたすら書き写した「「春と修羅」に於ける雲」だった。発表は一九三九年、賢治の死から六年。心平が、賢治全集の編纂に取り組んでいた時期にあたる。

賢治の詩の特性を表す一例として「雲」が挙げられるから、とにかく『春と修羅』第一集から第四集にかけて、雲が出てくる箇所を並列する、と宣言すると、心平は本当に、作品ごとの行空けもせず、どんどん並べていく。

×氷河が海にはいるやうに
白い雲のたくさんの流れは
枯れた野原に注いでゐる
×向ふの縮れた亜鉛の雲へ

×雲はたよりないカルボン酸
×雲には白いとこも黒いとこもあつて
みんなぎらぎら湧いてゐる
×雲はみんなむしられて
青ぞらは巨きな網の目になつた
×白い輝雲のあちこちが切れて
あの永久の海蒼がのぞきでてゐる
×すなはち雲がだんだんあをい虚空に融けて
たうとういまは
ころころまるめられパラフヰン製の団子になつて
ぽつかりぽつかりしづかにうかぶ
×雲はみんなリチウムの紅い焔をあげる
×(もしもし　牧師さん
あの馳せ出した雲をごらんなさい
まるで天の競馬のサラアブレッドです)
×それにあんまり雲がひかるので
たのしく激しいめまぐるしさ

この調子で、百八十九例、筑摩書房版『草野心平全集』二十二ページ分にわたる抜き書きがつづく。元の文脈から切り離された多種多様な雲は、心平の述べるとおり「それぞれ新鮮な容姿をもってつぎからつぎと大蒼穹を流れて行」き、これはこれでひとつの長篇詩のように見えてくる。「遠い近い雲のシムフォニー、その陰惨な、まぶしい、ガラス青のあかるみやかげりの中に、もうしばらく自分は立っていたい」。

このころの心平が書いた一連の賢治論は、哀悼の思いと、まだ語り方が定まらない、しかし明らかに突出して特異なひとつの世界をどう語るか、遺稿を読み全集を編み、遺された文字を触りつくすようにしながら考えていったのがわかるもので、いまなお読み応えがある。

愛読し、同人誌にも誘ったが、結局書簡での交流に終わり、会ったことはなかったのを、死の報せを聞いて花巻の実家に駆けつけ、大量の遺稿を家族に見せてもらった。そこには、自分宛の、書きかけのまま出されなかった葉書も、十枚ほどあった。高村光太郎、横光利一の尽力もあって最初の全集発行の話が決まり、遺族から送られた「束というよりは丘といいたい量」の原稿を、その質の高さに驚愕しながら夢中で読み進めていく（「宮沢賢治全集由来」）。

生前に会えなかったことで、生身の面影に惑わされず、書かれたものだけからなる賢治像を構築できたのは、かえってよかったのかもしれない、とまで言っては、言いすぎかもしれないけれど、七歳年上の詩人仲間の書いた、一つひとつ異なる百八十九の雲が流れていくのを、全部書き写すことで、ただただ眺めつづける、そのような草野心平の思い入れがあってこそ、宮沢賢治の紡いだものは、わたしたちの元へ届けられたのだ。

＊

草野心平自身は、どれほど雲を詩に書いているのだろう。高校生のころ、わたしは心平の詩が好きだった。当時読んだ新潮文庫の豊島与志雄編『草野心平詩集』を引っぱり出す。代表的な八つの主題ごとにまとめた構成となっていて、冒頭がまさに「天」なのだけれど、あらためて読んでみると、この「天」は、なにか万物の根源といった、超越的、観念的な性格が強くて、日々刻々と姿を変える日常の空とは違うようだ。雲が出てきても、想念としての雲、という感じで、あまり動く気配がない。さらに読んでいくと、「海」も、「富士山」も、「天」と似た傾向で、しかも「富士山」は明らかに日本の象徴として讃えられている。

わたしの記憶していた草野心平と違って、戸惑う。わたしは「蛙」の詩ばかりを読んでいた。小さい蛙が、他愛のないことを喋ったり、深遠なようなそうでもないようなことをつぶやいたり、人間の子供につぶされて死んだりする。そこでは、雲は動く。

みづはぬるみ。みづはひかり。あちこちの細長い藻はかすかに揺れる。ゼラチンの紐はそれぞれ黒い瞳を点じ親蛙たちは姿をみせない。流れるともなくみづは流れ。かはづらを。ああ雲がうごく。

（「たまごたちのゐる風景」以下、漢字は新字に変更）

雲が動いて見えるのは、空が抽象的な幻影ではなく、基本的に蛙の目に映じた景色として書かれているからではないかと思う。

ばつぷく。ばつぷく。
ばつぷくどんの両目に海の碧《みどり》と雲とが映る。

（「ばつぷくどん」）

気になって、岩波文庫の入沢康夫編『草野心平詩集』を通読してみる。こちらは編年体の構成で、『第百階級』（一九二八）と『富士山』（一九四三）は全篇、その他の詩集は抄録。時代による作風の流れがつかみやすい。

豊島与志雄は、心平は同じいくつかの主題を生涯にわたって追ったので、時代による区分はできないとし、主題別の構成を採った。しかし、初期に関して言えば、時代による変化はある。ひたすら蛙を書いた第一詩集『第百階級』から、日本による傀儡《かいらい》政権、汪兆銘政権の宣伝部顧問として渡った南京で戦中に発表した、国粋主義の言葉遣いが見え隠れする『富士山』へ、という流れ。同時期に心平が書いた戦争協力詩についても、入沢は言及している。

ただ、それでは戦後に再度、作風の反転があるのかというと、そうでもない。『第百階級』の系列にあたる「小さいもの」（蛙、日常会話、身辺雑記）と、『富士山』の系列にあたる「大きいもの」（富士山、天、砂漠や海）が、そのまま併存していく。豊島の言うとおり、主題群は時代にかかわらず、どれも生涯にわたり扱われる。

戦後に書かれる「大きいもの」は、国粋主義的ではもはやないのだが、超越性への志向は強い。戦中に培ったものを、清算せずに、意味をずらして発展させているようにもわたしには見えて、落ち着かない。けれども、こちらの系列が、「宇宙的」と称され、この詩人のなによりの特徴と見なされるようだ。入沢もその線に沿って収録作を選定している。実際、分量やインパクトからすればそうなのだろう。しかし、壮大な作品群に囲まれて、蛙は居心地が悪いのではないか。わたしは、小さいもののほうに興味がある。

『草野心平全集』で、晩年の作品をめくってみると、たとえば一九七六年の『植物も動物』には、畑や庭仕事の具体的なしぐさを綴った詩があり、翌年の『原音』には、むしろ最近では詩よりも読まれているのかもしれない『口福無限』『酒味酒菜』など食べものをめぐる随筆に直結する、日々の食事を書いた詩がある。飼っていた犬や鶏や鯉の詩もある。

心平の二面性のうち、こちらの側にある作品を集めれば、蛙たちも気が休まるのではないだろうか。そこでは、雲は、神の視点に擬さない、詩人そのひとの目に映る雲だから、気張らず、ゆるゆると動いていく。

庭を廻つてゐるうちに。
朴の木も銀ドロも白樺の枝枝も。
ヒメナナカマドの朱い実ももう乾き。
見上げると。
白い綿雲の群団が南の方に移動してゐる。
太陽光にまぶしく光るその群団。

（「庭を廻る」）

東京の知り合いに、秩父に引っ越したわけを訊かれる。そうですね、土と緑があって空気はきれいだし、どこも空間が広々としているし、秩父は町としても面白いし、通勤もしやすいし……と説明するのだが、時々、決してうなずいてくれないひとがいる。でも、通勤が長くて疲れるでしょう？　でも、不便でしょう？　でも、虫がいるでしょう？　と、ほとんどこちらが答え終わらないうちから、問い返しというよりは拒否の材料を次々と繰り出して、わたしがなにを言おうと、負け惜しみにしか聞こえないようなのだ。そして、なぜか、憐れむような目を向けてくる。

習慣や好みや生活上の優先順位が違うのは当然のことなので、こちらの話した要素を受けとって考えてみた上で、違う選択をする、というのであればわかるが、憐れまれねばならない謂《いわ》れはない。ただ、こうして謂れもなく上から見おろすようなものの言い方をされる感覚、否定されるために説明させられる徒労感には、覚えがある。

たとえば、文学史が男性中心主義的だとか言われて、再評価すべきだという女性作家の本を読んでみたけど、結局つまらないじゃない？　と、本人としては対等な議論のつもりで、男性研究者から話しかけられるときの感じ。同じとは言わないけれど、疲れ方が似ている。

最近、差別の心理と社会的公正教育を専門とする出口真紀子が、社会におけるマジョリティの特権に関して解説する「NHKハートネット」ウェブサイトの対談記事を読んで、おや、と思った（当記事はその後、サイトリニューアルに伴い削除されたが、出口による近い内容の記事が東京人権啓発企業連絡会のサイトに掲載されている）。日本社会に暮らす人々に向けて、自分の特権を自覚するため、人種、性自認などの項目について、自分がマジョリティとマイノリティのどちらに相当するかをチェックするシートが示されるのだが、日本人かそうでないか、男性か女性か、ヘテロセクシュアルかそれ以外か、高学歴か低学歴か、といった、予想される選択肢の一番最後に、大都市圏在住か地方在住か、を選ぶ欄があった。

出口が監訳を担当したダイアン・J・グッドマンによる社会的公正教育のマニュアル、『真のダイバーシティをめざして』を確認してみると、社会的抑圧の例を挙げた表には、やはり人種、性、階級などにまつわる対立項が見られるけれども、大都市圏か地方か、という項目はない。代わりに、ウェブ記事にはなかった宗教に関する項目がある。

おそらく、出口は日本社会に合わせたチェックリストを整える上で、宗教は重要度の低いものとして外し、代わりに「都会」に住む者から「田舎」に住む者への抑圧が広く見られると認識して、この項目を加えたのではないだろうか。あるいは、彼女一人の工夫というよりも、この分野で共有されつつある認識なのかもしれない。いずれにせよ、卓見だと思う。

わたしが通っていた東京西郊の私立女子高校は、多摩方面や埼玉から通学する生徒も多く、彼女たちは、家が「田舎」であることをからかわれるのが常で、ときにはあれこれのチェーン店があるといったことをもって「田舎じゃないもん」と抗弁し、ときには自ら「タヌキが出た」など、わが町の「田舎」ぶりを披露して笑いを取った。羽村や福生の子がいたなかに、思い返すと、最寄り駅は御花畑、と言って、なにそれ、そんな駅があるの、と笑われていた子もいた。あの子は、秩父から通っていたのだ。

大都市圏に生まれ育った層は、各種の差別にかなり敏感なほうであっても、自分が言葉の端々で地方住民を見下していることには気づかない場合が多いようだ。他方、地方から大都市圏へ移動した者の一部には、それを成功と見なし、ことさらに地方在住者を蔑む傾向がある。また、地方在住者のなかに、大都市圏在住者に対して卑屈な態度を見せる者が少なくないのも、大都市優位の価値観を内面化しているためだろう。

わたしの場合は、ごく単純に、「田舎者」と馬鹿にされる理不尽さを母親からさんざん聞かされて育ったから、この問題を意識せざるをえなかった。母は宮崎の「片田舎」から東京の大学に進学し、東京出身の父と結婚したので、姑との関係も絡んで、恨みは深かった。

母は母で、自分の父親、つまりわたしの祖父から、田舎の出だからといって即座に侮蔑の対象になるのはおかしい、という意見をよく聞かされていたようだ。農家出身で、県内の材木商の婿養子に入ったものの、商才はまるでなく、一人で東京に出て建築設計に携わっていた文学好きの祖父は、長塚節《ながつかたかし》の『土』を愛読していた。自分の育った環境に近い、貧しい農家の世界を描いて、名作の地位を得たこの小説が、一種の支えになっていたらしい。

宮崎に残った祖母は、そんな話はしなかったけれど、出身地域からすればきわめて珍しいことに、戦前に東京の女学校を出ているから、在学当時に不愉快な目に遭った可能性は高い。家を継いだ母の姉も、また弟妹も、姉の子供たちも、ほぼ全員が宮崎から東京に進学し、一部はそのまま東京暮らしなので、都会と田舎のあいだの軋みをよく知る者の多い一家だった。

環境問題への関心や、通信技術の発達に伴う働き方の変化もあって、地方移住や若い世代の就農は、一世代前までに比べれば、ずいぶん前向きに捉える者が増えたが、それでも、なかなか一定以上の規模にふくらまないのは、実際的な条件だけでなく、やはり、連綿とつづく大都市優位・地方蔑視も影響しているように感じられる。無論、それは学歴や社会階級や経済格差といった、ほかの抑圧項目とも連動する。大都市圏居住者をマジョリティと名指すところから見えてくるものは、案外多いのではないだろうか。

＊

地方から上京した明治大正の作家たちについて、加藤周一が『日本文学史序説』で厳しい見方をしていた記憶があり、ひさしぶりに開いてみる。

いわゆる（フランスの自然主義とはあまりに違う）「自然主義」小説家の一群は、いずれも地方の旧家ないし没落士族の家に生まれ、それぞれの家族・地域から脱出するかたちで東京に出てきた。郷里から切り離された彼らは、疎外された個人であることへの反応として、一方では自己同定の根拠を内面に求め、他方では家族に代わる集団への参加を求める。両方の欲求に応えるのが、まずキリスト教、ついで文壇であり、後者において探求された小説論が、西洋の小説および「自然」概念の歪んだ解釈も相俟《あいま》って、小説家の経験をそのまま記録するのをよしとする方向へと向かった――加藤の議論を雑駁《ざっぱく》に要約すれば、おおむねこういうことになるだろうか。初読の折は辛辣すぎるように見えたけれども、いったん同時代のフランスの小説に親しんだ上で読み返せば、異論はない。

加藤は言う。これらの「自然主義」小説家がありのままに記録しようとする経験には、二種類あり、ひとつは都会での日常生活、もうひとつは結局のところ断ちきれはしない故郷の生活だった。そこから、後者を掘り下げた結果、個人史を脱し、郷里を舞台とした壮大な歴史小説『夜明け前』を書くにいたった島崎藤村のような特異な例も出てくる、と。

たしかに、こうした作家たちが、上京前の、あるいは帰省の折の体験をもとに書いた作品に目を向けるなら、日本近代小説は、地方の風景に事欠かない。ただ、上京した彼らにとって、故郷が基本的に過去の自分に結びつくものである以上、描かれる土地は、どうしても後ろ向きの色を帯びざるをえないのではないか、という気がする。因習のうずまく場として呪うにしても、歴史的思想的な価値づけをあたえるにしても。

批評する者の現在が都市にあるかぎり、都市優位は変わらない。もちろん、そうやって書かれた傑作も多々あるけれど、でも、わたしはいま、地方を対象化するよりも、都市を離れて地方に戻り、地方生活の現在に生身で参画していく、そのような視点でつくられた作品に触れたい、と思う。

*

まず思い浮かぶのは、南木佳士の小説『阿弥陀堂だより』だ。

舞台は、信州の寒村。作家として鳴かず飛ばずのまま四十歳を過ぎた実質主夫の上田孝夫は、医師で流産をきっかけに鬱病を患った妻の美智子とともに、孝夫の故郷に戻る。美智子はリハビリを兼ねて村の診療所に勤め、孝夫は子供のころから慣れ親しんだ農作業を再開し、美智子を見守りつつ、家事をこなす。二人が時折のぼる山の上の阿弥陀堂には、長年きわめて質素な一人暮らしをしながら村の仏様を守る、堂守のおうめ婆さんがおり、時によっては、そこに難病で声を失った若い女性、小百合ちゃんも来る。文才のある彼女は、おうめ婆さんの含蓄あふれる語りを聞き書きのコラムにして、村の広報誌に連載しているのだ。

孝夫と美智子の出会いから移住までの成りゆき、集落での日常、おうめ婆さんとの交流、小百合の病気の再発、美智子による治療、と話は緩やかに進んでいくのだが、ここに流れるのは、まず、孝夫が昔のように体を動かし、土や草木に向き合い、さらにそのようにして生ききった祖母を思い返して覚える安心感だ。旧知の村人やおうめ婆さんも、孝夫には懐かしく、そこには、よそからこうした土地を眺める者が邪推しがちな閉鎖性はない。この地域に縁のなかった美智子も、美しい景色に、そして、おうめ婆さんと小百合ちゃんという、それぞれに真摯に生きる、世代の違う女性たちに心を開いていく。

南木佳士は、自らの医師の仕事と鬱病の経験とを、繰り返し書いてきた作家だが、本作では、医師にして鬱病患者の自分を美智子に、そして作家の自分を孝夫に振り分ける。この設定が活きる。孝夫は優秀な妻の収入で生活していることに多少の引け目を感じてはいるものの、無闇に萎縮したりはせず、素直な喜びとともに鍬をふるい、料理をつくる。そもそも、彼の根本にあるつましい農家の生活は、男女ともに同じ労働を力いっぱいやるものだし、大抵は女のほうが発言権をもつのであって、男が偉ぶる理由は最初からない。

かつての農村にあった精神のもちようが、古いものとして切り捨てられず、かといって束縛として作用することもなく、むしろ都会的中産階級の因習を飛び越えて、老若男女が同等にいたわりあう実直な暮らしへの道筋を示す。さりげない、しかし貴重な作品だと思う。

＊

『阿弥陀堂だより』と重なるテーマを、より明確な社会変革の意識をもって展開した音楽作品が、台湾にある。交工楽隊のアルバム『菊花夜行軍』（風潮音楽）だ（以下、作品名は原題のままとし、繁体字は新字を代用する）。

交工楽隊は、ボーカル、月琴、ギター担当の林生祥《リンションシアン》、歌詞担当の鍾永豊《ジョンヨンフォン》を中心に、高雄市美濃《メイノン》のダム建設反対運動を契機に結成された客家《はっか》系のバンドで、社会運動の一環として、地域住民と連携しつつ、まず一九九九年に『我等就来唱山歌』（風潮音楽）を、次いで翌々年に『菊花夜行軍』をつくりあげた。二〇〇三年には解散したが、林生祥はその後、日本のギタリスト大竹研、ベーシスト早川徹らとともに生祥楽隊として旺盛な活動をつづけ、鍾永豊も、単なる歌詞担当というよりは、文学・思想的な骨組みを設える存在として、生祥楽隊の作品制作に継続的に関わっている。

『菊花夜行軍』は、いわゆるコンセプト・アルバムで、ダム建設反対運動の仲間、阿成《アーチョン》の半生をなぞるものだ。阿成は、農家を継ぐことを一度は諦めて、都市部で経営者を目指したが、経済不況で資産を失い、美濃に戻った。未来の見えない就農に親は反対したものの、菊花栽培を軌道に乗せ、東南アジアへの結婚斡旋旅行で阿芬《アーフェン》と出会って結ばれ、阿芬は子供を産んだ。

　こう書けば、紆余曲折あるとはいえ英雄的とは言いがたい人生だが、だからこそ、交工楽隊にとって、阿成の生き方はひとつのモデルとなった。林生祥もまた、農家に生まれ、いったん故郷を離れて台北近郊で音楽活動をおこなっていたが、ダム建設反対運動に参加するため帰郷した。すでに農業で身を立て、かつ運動を積極的に率いる阿成は、生祥同様、運動をきっかけに故郷へ、そして農的な暮らしへ立ち返ろうとしていた若者たちに慕われたのだ。

　アルバムは全十曲からなり、洗練されたフォーク・ロックに、月琴、チャルメラ、堂鼓などの伝統楽器、そして伝統歌謡の発声が入った林生祥の歌唱を基調とする。

　プロローグにあたる一曲目「県道１８４」は、故郷へ通じる道路について、ギターと朗読で語ったもの。つづく「風神１２５」は、かつて百姓になるなと諭した母に心中で詫びながら、一二五ccのオートバイで帰郷する青年の気持ちをメランコリックに歌う。ここまでは、都会での成功の夢破れての帰還、という側面が目立つけれども、このあと、帰郷の意味合いは変化していく。

　農家は食えないし、結婚もできない、という両親の心配を押しきって、阿成が就農を決意したところで、アルバムの中心となる六曲目「菊花夜行軍」がはじまる。月の夜、夜間照明に照らされた菊の花が動き出し、号令に応えて花色ごとに隊列を組み、市場へ行進していく、という幻想的な曲だ。本物のトラクターのエンジン始動音がマーチの開始を告げ、勇ましい菊花の斉唱は美濃の子供たちが担当する。

　さらに、阿成は妻を求めて東南アジアへの旅立ちを決心するのだが、わたしがこのアルバムでもっとも胸を打たれるのは、終盤で視点が阿成から外国出身の妻に移ることだ。八曲目の「阿芬撲人」は、女性がおなかの子に対し、わたしはここに根をもたないけれど、あなたがわたしのおなかを蹴ると、わたしは土に植えられて根と茎を伸ばす一粒の落花生になるかのよう、と語りかける詞だ。そして、曲の途中で、ボーカルは林生祥から、地元の女性に移り、彼女は、口がしわだらけなら豆腐を食べなさい、口が平べったいなら麵線を食べなさい……と、童謡のような呪文のような、不思議な歌を歌う。

中国語・客家語の能力も、台湾文化・客家文化の素養もなく、アルバムに付された英訳つきブックレットに頼るばかりのわたしには、理解できていないことが多いのは承知している。けれども、ここで女の素朴な声が、豆腐、麵線、肉団子、豚モツと、地味で滋養に満ちた普通の食べ物を歌に乗せることの大切さは、わかる。外国人の妻が、こうしたものを日々食べて、土地に馴染んでいく姿がほの見える。

そして九曲目の「日久他郷是故郷（外籍新娘識字班之歌）」。十曲目は楽器のみによるエピローグなので、歌詞のある曲としてはこれがアルバムの締めくくりになるのだが、この曲では、美濃の中国語識字教室に通う東南アジア各地から来た妻たち自身が、歌を担当する。解説によれば、当初は外国人妻がメディアで叩かれる風潮もあったなか、一九九五年に社会学者の夏暁鵑《シアシアオジュエン》と美濃愛郷協進会が協力して、彼女たちのための識字教室を開設したという。曲は、前半はベトナム女性の独唱、後半は合唱で、故郷は遠いけれど、この教室の仲間同士で助け合おう、長い時が経てばいずれ異郷は故郷になる、と歌う。

こうして、地元出身者から外国出身者へ、男性から女性へ、歌手から地域の生活者へと、バトンが渡される。

二〇一七年、生祥楽隊による、このアルバムの発売十五周年記念コンサートを聴きに、わたしは台北に行った。途中、飛び入りゲストとして、識字教室の歌を歌った女性たちが、それぞれの故郷の鮮やかな衣装をまとって登場した。中国語がわからないわたしは、笑顔の彼女たちがマイクを向けられてなにを話しているのか聞きとれないのが悔しかったけれど、その色とりどりの晴れ着だけでも、眩しかった。

衣装の多彩さは、出自の多様さが率直に受け入れられていること、同化の強要がなされないことを表す。胎児が腹を蹴る、ここの食べものを食べる、言葉を学んで話す、時間が経つのを待つ。一つひとつの具体的な体の動きを経て、彼女たちは異郷の者でありつづけると同時に、この土地の者になっていく。

翻ってみれば、地元に生まれ育った彼女たちの夫とて、結局、血というよりは、日々の農作業や家事労働を通じて土地に根をおろすのであって、その点では妻たちと変わらない。ここにもまた、戻った先の地方で、風通しのよい共同体の土壌を耕す、飾らない人々がいる。

ハヤトウリの季節がはじまった。越してきて初めて知った野菜で、名前のとおり国内では鹿児島から広まったそうだが、なぜか秩父では盛んに栽培され、主に漬物として食べられる。洋梨型で、大きさも洋梨くらい。白い品種と、緑の品種があり、味は冬瓜にやや近いが、甘みがずっと強く、肉質がしっかりしている。十月から十一月にかけての短い期間しか出回らない。

原産は中米で、現在もメキシコやブラジルで親しまれる食材らしく、フランス語関係の友人知人に聞いてみると、マルティニークやグアドループなどカリブ海の島々に縁のある面々から、懐かしい、という声があがる。ニューカレドニア在住の知人も、よく食べると言う。これらの地域では、シチューや、グラタンにする。炒めものにもよく、生でサラダにもできる。

高崎を舞台とする絲山秋子の『薄情』にも、ハヤトウリが出てくる。やはり漬物にするのが普通らしい（そして、漬物以外の食べ方として、本稿同様、サラダとグラタンが挙げられている）。秩父と高崎は、地理的にも、文化的にも近いから、不思議はない。おそらく、全国のほうぼうに生産地域があって、しかし大都市向けの大量生産はなされないまま、地元で消費されているのだろう。

直売所で苗が売られていたので、春に買って庭に植えたところ、夏のあいだ、ぐんぐん蔓を伸ばした。日が短くならないうちは、花をつけない。つい先日、ようやく咲き出したので、収穫まではまだしばらくかかる。まずは店頭で見かけた初物を買い、スープにした。

さて、剝いた皮と、芯の部分は、密閉容器に入れる。この容器には、玉ねぎやりんごの皮、茶殻、卵の殻、少しなら魚の骨や肉の屑も入る。いっぱいになると、勝手口から外へ持ち出し、シャベルで土に穴を掘り、容器の中身を放りこんで、薄く土をかぶせる。大きめの穴を掘っておけば、数回分は同じ穴に入れられる。夏場なら、二週間もすれば、埋めたものはあとかたもなく消えてしまう。

住みはじめて最初の数年は、生ゴミ堆肥専用の箱を庭に置かなければ、と思っていた。けれども、市販のものは意外と値が張り、かといって自作は手間がかかる。後回しにしていたところ、友人の母親が庭に野菜屑を埋めていて、とてもいい土になる、という話を耳にした。詳しく聞いてみると、特定の容れ物に入れるわけでもなく、捨てる前に刻むわけでもない、ただそのまま土に埋めているだけ、とのことなので、それならと、真似してみた。

畑作に力を入れていて、質の一定した堆肥をつくりたいなら、専用の箱を使うなどして周囲との境界をはっきり区切った上で管理したほうがよいのだろうけれど、生ゴミの処分が主眼なら、穴を掘って埋めるだけでも用は足りる。外構を整えたとき庭に敷いた赤っぽい粘土質の土は、穴を掘っては生ゴミを埋めていった一画だけ、黒く柔らかな、空気と養分をふくんだ土になってきた。

野菜屑を戸外へ出すことで、台所も変わった。水分の多い腐るゴミが家のなかにないのは、想像を超えて快い。肉の包装に使われたラップフィルムのような、洗うことも土に埋めることもできないゴミだけは密閉して捨てるけれど、その量はごく少ないので、ゴミ箱はなかなかあふれず、腐敗臭も発さない。朝早くゴミを出す頻度は大幅に減った。

野菜の皮や芯が土になるのを日々見ていると、生ゴミ、と呼ぶのも、どこか変な気がしてくる。生きた土のなかに入れて、生きものの餌にしているのであって、捨ててはいない。それに、生きものが食べて土になれば、その土から、いずれまた別のなにかが育つのだ。

＊

有機物が分解されて土になり、その土の養分が植物に吸収される仕組みを知るには、微生物の働きに焦点を当てたディビッド・モントゴメリーとアン・ビクレーの『土と内臓』（片岡夏実訳）がわかりやすい。

土に置かれた有機物は、まずミミズや昆虫が食べ、次にダニやトビムシが食べて排泄することで、細かく砕かれ、土壌の栄養分となる。さらに今度は、これを菌類や細菌が取りこみ、植物にとって吸収可能な物質に変換する。植物のほうは根から浸出液を分泌して、自分に必要な物質をあたえてくれる微生物を引き寄せる。

土に棲み植物の健康を保つ微生物は無数にいて、役割も多種多様、まだ解明されていないことも多いようだが、ともかく、植物と微生物とがこうした共生関係にあることは、近年の研究からたしかめられているという。このことは、十九世紀以来、農学を支配してきた化学中心のアプローチに問い直しを迫る。

今日もなお、園芸の世界に足を踏み入れる者は、まず、窒素・リン酸・カリウムという三つの成分が、植物の成長に欠かせないことを学ぶ。これはドイツの化学者、ユストゥス・フォン・リービッヒが特定したものだ。これらの成分をあたえさえすれば作物の収量は伸びるとの考えから、十九世紀半ば以降、それぞれを工場生産する方法が開発され、二十世紀には、このようにしてつくられた化学肥料を用いる近代農法が定着した。

しかし、この農法は、劇的な効果があるものの、土地を痩せさせ、植物を弱らせるため、病害虫を避けて収量を維持するには、大量の化学肥料と農薬を投入しつづけねばならない。これは植物が健康に育つ本来の環境に反するのではないかと、二十世紀初頭に、イギリス人農学者、サー・アルバート・ハワードは疑問を抱いた。彼は研究の結果、化学肥料ではなく、生きた微生物をふくむ有機堆肥を用いることで、植物と土壌が長期間にわたり健康に保たれることを証明した。有機農法の礎を築いた農学者として、ハワードの名は記憶されることになる。

ヨーロッパ側から見た農学の成りゆきを、このようにまとめると、土壌肥沃度を向上させるものとしての堆肥への着目と、それにより農学研究の重心が化学から生物学へ移ったことは、新発見のように記述されるのだが、実のところ、ハワードが参照したのは、インドや中国で地元の農家が実践してきた伝統的農法だった。言うまでもなく、日本にもまた、堆肥を用いた農業の長い歴史がある。

ハワードが伝統的農法の研究に基づいて有機農法の効用を主張した二十世紀前半のあいだも、その後も、化学肥料の使用は増えつづけた。そこには、化学肥料が弾薬の原料になりうるという事情があったことも、モントゴメリーとビクレーは指摘している。第二次世界大戦中のイギリスは、弾薬製造への転換を見据えて化学肥料を増産することを目的に、化学肥料の使用を農家に強いた。そして戦争が終わると、各国の弾薬工場は肥料工場に転じた。軍需産業への切替えがいつでも可能であるからこそ、化学肥料の推進は国策となったわけだ。

いまの日本では、化学肥料・農薬・大型機械を用いて大量生産をおこなう近代農法のことを、慣行農法、と呼ぶ。この「慣行」に対立するのが、有機農法、ということになるのだが、おかしな呼称だと思う。近代農法が日本に広まったのは戦後だから、たかだか半世紀強の「慣行」にすぎない。他方、有機堆肥を利用する「慣行」は、それよりもはるか前からつづいてきた。当然だ。本来、養分を循環させないことには、つづけることはできないはずなのだから。農業を営むひとは、昔から、意識しようとしまいと、そのようなものとして世界を受けとめていただろう。

＊

緑鮮やかな山を描いた水彩画が、壁に並んでいた。勢いのある筆で、瑞々しく色を塗られた山は、ほのかに発光しているように見える。秩父の山襞を眺めるときの印象に、驚くほど近い。惜しまれながら二〇一九年に閉店した東京・馬喰町《ばくろちょう》のギャラリー・カフェ、馬喰町ART+EATは、飯野和好の絵本原画展を定期的に開催していた。わたしが行ったのは、二〇一六年、『おせんとおこま』刊行記念の催しだった。茶店の娘おせんと、山渡りの娘おこま、二人の女の子が出会い、山で遊ぶ物語。おこまは、竹のかんざしをおせんにあたえ、小鳥のように歌うことを教えて、去る。山渡りのひととは、つまり、サンカだろう。

飯野和好は、秩父地域、長瀞の生まれだ。戦後間もない時代、山あいの三軒しかない集落に育った。酪農と田畑と炭焼きからなる、完全な自給自足の暮らし。仕事はきつかったはずだけれど、「毎日、開墾した段々畑や田んぼで働く両親や祖父母は、囲炉裏端でよく話をし、歌を唄い、ほんとうに朗らかで楽しそうでした」(『みずくみに』あとがき)と飯野は回想し、山を駆けまわった子供時代の愉楽が画面にあふれるような絵本を描く。

たとえば『みずくみに』は、小さな女の子、ちよちゃんが、祖父につくってもらった竹の水筒を握りしめ、畑仕事にいそしむ両親と祖父に「さわのみず　くんでくるね」と告げると、子犬のくろと一緒に山道をどんどん登って、沢に着き、水を汲み、自分も飲んでから、山をおり、水筒の水を両親と祖父に飲んでもらう、それだけを描いた絵本だ。それだけなのだが、手をついてあがるほどの急な坂の横にサワガニのいる渓流が音を立て、葉叢の生い茂る陰でカブトムシやアリが樹液に群がる、といった具合に、光景に確固たる具体性があり、ちよちゃんが「すうーっ　すうーっ　うーん　やまのにおい　いいにおい」と言うとおり、山の芳香が全篇から立ちのぼる。

本作の主人公は、ちよちゃんだけではない。冒頭はメジロの群れの絵が占め、中盤にも、メジロの集団を大きく描いた見開きが連続する。ちよちゃんは、途中で「あっ　めじろだ」と気づくが、それ以上のことはない。メジロにはメジロの生活がある、という描き方だ。チョウも、カエルも、ただそこにいて、里山の一部をなす。沢のおいしい水をごくごく飲む人間も、同じように、山の一部分を構成する。

飯野は、山の風物を擬人化したかたちで表現する作品も多く制作している。代表作である

『ねぎぼうずのあさたろう』シリーズは、ねぎぼうずが主人公の股旅もので、お伴はニンニク、悪役はヤツガシラやキュウリ、娘役は椎の実。どれも、記号的な野菜ではなく、秩父あたりで採れる作物や木の実だ。あさたろうの必殺技は、ピリピリと辛い「ねぎじる」を飛ばすことで、ここにも、においや味、手触りを前面に出す飯野の手つきが表れる。

ART+EATで、店主のTさんに教えられつつ、飯野の絵本をいろいろと手に取ったとき、わたしが一番驚いたのは、彼が、腐葉土と、泥団子をも、主人公にしていることだった。

『ふようどのふよこちゃん』は、腐葉土の大家族に生まれた女の子。ほかほかとよく発酵して、いい香りがする。いつもの日だまりでまどろむ彼女は、母親から聞いた、この集落にまつわる話を思い出す。

いまは空き家である三軒の家は、かつてたくさんのひとが住み、田んぼも畑も家畜もそろって、「ぴかぴか　するような　くらしが」あった。腐葉土の家族は彼らを手伝い、畑にまいてもらうことで働いた。ところが、「あるとき　しろいくさい　みずを　はたけや　たんぼにまきはじめたの」。絵には、水田に農薬を撒布するひとと、畑の土に化学肥料をまくひとの姿。「近代農法＝慣行農法」がはじまったのだ。ホタルはいなくなり、若者は村を出て、「わたしたちを　たいせつに　あつめてくれる　ひとも　いなくなって　しまったの」。

農業の変化と、環境破壊と、農村の過疎化を、腐葉土が一人称複数で語る。おそらく世界を見渡しても稀な試みだと思うのだが、この着想を迷いなく形にできるのは、やはり、著者自身の実感に基づいているからだろう。「慣行農法」に席巻される以前の山の暮らしを全身に記憶する創作者は、彼が最後の世代かもしれない。

『ふようどのふよこちゃん』が、土の視点から、農業をめぐる構造的な問題を説く作品だとすれば、『どろだんごとたごとのつきまつり』は、ひとと ともに生きる土の美しさに目を向けるよう、読者に促す。

今年も無事に稲刈りが済んだことに感謝して、ますきちじいさんは田んぼの泥で「むんずむんず　つるん」と、大きなどろだんごをこしらえ、路傍に置いて帰る。何日か雨が降ったあと、満月がのぼった夜に、どろだんごは目を覚まし、手足を生やして、踊り出す。コオロギやタニシ、ドジョウ、カエル、ミミズといった田んぼの仲間たちも加わる。今夜は「たごとのつき」を祝う日なのだ。

田んぼに住む威張り屋の泥男「どろたぼう」が祭りを独り占めしようとすると、お月さまはいさめて言う。「あのますきちじいさんや　むらのひとたち　そして　このなかまたちが　たんぼをいきいきとして　くれるから　あなたは　きもちよく　ここに　すんでいられるのではありませんか」。すなわち、米をつくる人間と、田んぼの生きものと、土壌は、平等な協力関係を結んでいると、月は言うのだ。

降参したどろたぼうに安心し、あらためて月は空にのぼる。すると、雨水を湛えた水田の区画の一つひとつに、月光が差して、田んぼは光りはじめる。青い闇に、月を浴びた田んぼが、白々と照り映えてどこまでも広がる、夢の景色。生きた土は美しい、そう伝えようとする気迫が、ユーモアの底にみなぎっている。

よそに住む

西武鉄道の西武秩父駅と、秩父鉄道の秩父駅とを結ぶあたり、端から端まで歩いて十五分ほどの範囲に中心街がおさまるところが、ここは住みやすそうだと感じた理由のひとつだった。フランス留学時代に三年ほど住んだルーアンの旧市街も、このくらいの大きさだった。ルーアンにかぎらず、ヨーロッパの中程度の地方都市なら、おおかた似たようなものだろう。だから、小さい、とは、あまり思わなかった。再開発による駅前ロータリーと駅前ビルでもなければ、賑やか一方の駅前商店街でもなく、かといって地元の生活を脇へ押しやった観光地の街並みでもない。年季が入ってほどよく燻された、個人商店と住宅の交ざる小さな通りが静かにつづき、少し歩き疲れたころ、住宅中心になってくる。ヨーロッパのどこかの町に着いて、ぶらついてみるときの感覚に近い気がした。

そのくらいの大きさの町だから、外へ出れば、知っているだれかによく会う。道端では、ばったり出くわした知り合いと挨拶し、店に入ると、店主とひとしきり話す。

よそから遊びに来た友人と一緒にいるとき、そうやってあちこちで立ち止まっていると、すっかり溶けこんでるね、と言われることがある。同じ町に住む親しいひとたちと言葉を交わすのは、もちろん、楽しいことなのだが、溶けこんでいる、と言われると、引っかかる。内心、そうでもないけれど、と思う。

排除されているなどと言いたいのではない。なにか話したいことがあるときに話せる場所、特に話すことがなくてもいられる場所が、わたしにはいくつかあって、そうした場所に助けられている。そういう場所がありそうだ、というのも、町の規模とともに、ここに住みたい気になった一因だった。

ただ、そこで会う人々は、ずっと地元に暮らしてきたひと、いったんよそへ住んで戻ってきたひと、仕事や結婚で移ってきたひと、縁はないけれど棲みついたひとと、さまざまである上に、地元出身者ひとつを取っても、地域との関わり方は個人差が大きい。隣近所の人々にしても、同様だ。第一、わたしが特定のだれかと仲良くなるのは、趣味や感じ方に共通点があったり、気が合ったりするからで、出自は重要ではない。

溶けこんでいる、と言われて、腑に落ちないのは、この地域を、住民ごとひとつのかたまりのように見なしていること、また、そのかたまりの一部になるのを、移り住んだ者の当然の目標のように捉えていることを匂わせるからだろう。実際に暮らしていれば、ここで会うひとの顔は、それぞれに違う。それにわたしは、どのような集団にも、完全に馴染むことはいままでなかったし、たぶんこれからも、ないと思う。

＊

前回も少しだけ言及した、絲山秋子の『薄情』は、著者の住む高崎とその周辺を舞台に、地元の者と、よそから来た者との関係を掘り下げる小説といえる。

定職に就かず、キャベツ収穫の住みこみ季節労働以外の時期は実家で暮らす主人公の宇田川は、「家にいても間が持たないとき」、郊外へ向かう。畑や資材置き場などがつづく茫洋とした景色のなかに、東京から移り住んだ木工職人、鹿谷《しかたに》の工房がある。ここは、土地の者と移住者とを問わず、年齢も職業もばらばらの数人が、知り合いづてでなんとなく寄り集まって、コーヒーを飲んだり喋ったりする、出入り自由の緩やかな居場所だ。鹿谷には、本心を見せない謎めいたところがあるが、他人との深い付き合いをつねに避けてきた宇田川には、そんな鹿谷のつくるこの場所の雰囲気が心地いい。

しかし、鹿谷がこの均衡を破る不祥事を引き起こしたとき、鹿谷は、いわば、存在を消される。少なくとも宇田川は、今後そうなるに違いない、と考える。自分たちは鹿谷のことが好きだったが、この先は彼の話題を封印して、元から彼などいなかったかのようにふるまうだろう。本人には冷酷と思われるかもしれないが、これはよそ者に対する自分たちの一種の礼儀なのだ。それに対して、不祥事のきっかけとなる恋愛沙汰を起こした宇田川の高校の後輩、蜂須賀は、しばらくは地元で非難の的となるだろう。白眼視されるのは、彼女にとってきついことだが、これは鹿谷と違い、土地の者ならやり直しの可能性が残されていることを意味する……。

本作の語りに充満する、こうした宇田川の内的独白は、筋が通っているとはかぎらない。揺らぎ、相矛盾する、ときに身勝手な考えが、地の文に書き留められていく。自由に見えた鹿谷に対する、憧れと、劣等感と、親近感と、うっすらとした悪意。主人公の生きる上での構えである情の薄さ、投げやりさを通奏低音として響かせつつ、土地に生まれ育った者がよそからやってきた者に抱く微妙な感情を、作家の手は精緻に写しとる。

なぜ、そうまで微妙なのか。宇田川は、自分は本当のところ「放浪に向いてる」と蜂須賀に言う。「でもどこにいても変わらない」からこそ、地元を離れてよそへ行ったからといって「思うようにはなんない」とも。

よその者ならだれでも不安定な状況にあって、地元の者ならだれでも安定している、という固定した対立があるわけではない。現に、他人に距離を置く宇田川は、どこにいようと、確固たる人間関係に寄りかかることができない。彼は地元に暮らしながら、自分の「よそ者性」を持てあましているように見える。そう考えると、鹿谷は宇田川にとって、対立項というよりは、鏡であったのかもしれない。

どこにいようと、どこかしら、よそ者であること。これは絲山秋子の描く人物たちに共通する性質であるようだ。その「よそ者性」は、土地の移動という出来事とともに顕在化する。大都市圏と地方とのあいだの移動にかぎらない。名古屋から高崎、九州縦断、福岡から富山、熊谷から札幌、矢木沢ダムとパリと八代。それぞれの土地には、元から住んでいるひともいれば、転勤や結婚によって移ってきたひともいて、さらには前者と後者を親にもつ子供もいるのだから、出自にまつわる「ここ／よそ」の度合いには無数のグラデーションが生じる。方言や習慣などに表れる、そういった地域的な「よそ」と切り結ぶかたちで、より根源的な乖離の感覚が示される。

絲山秋子は、会社員時代に二年住んだ高崎へ、作家デビューから三年後の二〇〇六年に、あらためて引っ越した。「東京」を特権化することなく地方間の移動をフラットに描き、同時に「都会」と「田舎」、「地元の者」と「よそ者」という抽象的な二項対立をこつこつと切り崩しながら、個々人の「よそ者性」を炙り出す。これができるのは、やはり、高崎という地方都市に軸足を置いているからこそだろう。

＊

　ところで、絲山の描く人物たちにとって、どこにいても、どこかよそ者であるという、現実からの乖離の感覚は、往々にして病や不和、焦燥や諦念と結びつくが、ときに、物語の終盤にかけて、そうした負の意味づけが、彼らの内面において、不意に霧散する瞬間が訪れる。彼らはそのとき、自動車を運転している。

『薄情』の結末で、帰宅する代わりに東北道に乗り、大した理由もなく鶴岡を目指す宇田川。『夢も見ずに眠った。』で、青梅から名栗を経て秩父方面へと峠道を走る高之。短篇「葬式とオーロラ」で、恩師の葬式のため「キタグニハイウェイ」を使う巽も、ここにふくめたい。宇田川と、高之は、ただ走りたくなって、無為に走る。巽は、急用があっての長距離往復だが、雪の高速を延々と走る上に、思わぬ出来事もあって、もはや目的がわからなくなりかけている。

　運転しながら、彼らはとりとめなく、考えごとをしている。そのうちに、微細な変化が内面に生じる。これは絲山の語りに独特なもので、言い表すのが難しいのだけれど、あえて言ってみるならば、どこにいても、ここではない気がする、という、彼らのかかえてきたわだかまりが、どこへでも行ける、という感触に転じるのだ。乖離は融合にいたらず、理路は立たないままなのに、反転する。その刹那、彼らはなんらかの真実に出会う。

わたしはかつて、四百ccの二輪車にしばらく乗っていたことがあるけれど、四輪の普通免許を取得したのは六年前、東京を離れようと思い立ってからのことで、多少の遠出もするようになったのは、ここ二年ほどのことにすぎない。運転できているとは、まだ言いがたく、失敗もある。ただ、四輪車を運転しているときの心的状態については、二輪ともまた違う特有のものがあると思うようにはなっていて、絲山の書く微細な恩寵の瞬間は、あの走りつづけているときの、遊離と包容が同調するような感覚と重なるのではないか、という気がしている。

過去と未来を同じものにしていたのは自分だった。宇田川は今まさに、過去が過去になっていくのを感じた。ウィンカーが刻む音だけが、確かなものになった。

（『薄情』）

本棚のある家

小さいころから、家の絵をよく描いた。赤い切妻屋根に白い壁、戸の両脇に十字の桟のついた窓、というのが基本形で、野原のなかにぽつんとあり、うねった細い道が玄関先までつづく。この図像がどこから来ているのかはわからない。最初から線画として思い浮かべているから、きっと複数の絵本やアニメーションの記憶が合成されているのだろう。

六歳から十歳まで通ったチューリッヒのインターナショナル・スクールの図書室に、バージニア・リー・バートンの『ちいさいおうち』（石井桃子訳）があった——と、書くのは、日本語の世界ではこの邦題で親しまれていることを、のちに知ったからで、当時は、*The Little House* と認識していた。図書室で自分がこの絵本のページを繰る感じを覚えているくらいだから、よほど印象深い一冊だったのだと思う。周囲の開発が進み環境が悪化するのを静かに悲しむ、小さな田舎家。屋根や壁の色は違うけれど、記憶のなかにある一軒家の図像の、主要な出どころのひとつに違いない。

帰国後に住んだ江戸川区での中学時代には、美術の時間にベニヤ板を糸鋸で切って箱をつくる課題が出たとき、四角い木箱を想定した材料なのに、切妻屋根の家のかたちをした道具入れを設計した。壁が引き出しになっていて、窓辺のプランターを模した把手をつまんで引く。そして、天辺を蝶番《ちょうつがい》で留めた屋根の片方を持ちあげれば、屋根裏部屋にあたる部分にも物をしまうことができる。当然、割り当てられた授業時間内には仕上げられず、放課後に居残った。

この道具入れは、ずっと押し入れに保管してあったが、秩父へ越した際に出して、いまは枕許の薬箱として使っている。屋根裏部屋の部分に、ちょうど体温計が収まるので、朝、体温を測らねばならないときは、起きてすぐに、赤い屋根を開ける。

フランス留学から戻り、はじめてエッセイらしきものを大学院の学生誌に載せたときも、家がテーマとなった。河野多恵子と富岡多恵子の共著『嵐ヶ丘ふたり旅』にある、イギリス旅行中に富岡がなくした家のかたちのティーポット保温用キャップの話から、スイスの作家ラミュの描いた、山の家を守る小人についての物語「使いの者」(笠間直穂子訳)、さらにジャン・ポーラン『人生おそるべきことばかり』(未邦訳)に語られる、煙草と家をめぐる小咄《こばなし》へ。ものをなくすことについて書こうとしていたら、いつの間にか、どの挿話にも家の幻が浮かんでいた。

わたし自身は、一戸建てに住んだことは、ほぼなかった。幼稚園のころに暮らした越谷の社宅は、独立した一戸建てというよりは長屋のようなところだったし、その後も、隣家と壁を共有するテラスハウス、公団の分譲マンション、地主の自宅を兼ねる小さな賃貸マンションなど、種類は多様ながら、つねに集合住宅の住人だった。

東京都区部を離れようと思い立った理由は、さまざまあるが、実は、そうしたすべての理屈の手前に、いつからか自分のなかにずっとあった、草のなかの一軒家のイメージが、その方向へ歩むよう、わたしを誘《いざな》っていたのかもしれない。

秩父の家は、屋根は赤くもなければ切妻でもないけれど、白い壁の洋風建築で、土の地面に囲まれている。外構を設える際、玄関先まで車をつけられるようにはせず、少し離れた位置に駐車場を置いた。鍛鉄《たんてつ》作家のNさんにつくってもらったムカゴつきナガイモの意匠の小さな門扉の先は、二人並んで歩くのにいい幅、と建築家のGさんに教わった、百三十センチ幅の真砂《まさ》土《つち》の通路が、曲線を描きつつ玄関まで導く。

出かけて、家へ帰ってくると、原っぱのなか、土を踏み固めた風合いの細い通路の先に、白い家が建っている。懐かしく感じるのは、ただ自宅に戻ってきたから、というだけではなく、目の前に見える家が、ここに住む前から思い描いてきた家のかたちに、多少、似ているからでもあるのだと思う。

＊

東京から離れた地域に一戸建てを探すにあたり、洋風の家を条件にしたのは、実際的なレベルでは、本を収めやすいから、という理由が大きかった。

今日、本と呼ばれるもののほとんどは、ヨーロッパの製本技術を基につくられている。無論、日本の出版文化が独自に発展させた要素もあるけれど、基本は輸入技術であって、そのようにしてつくられた書籍を、背を見せるよう立てて書架に並べる収納法は、書架の重量に耐える硬い床と、書架を取りつける壁の存在が前提となる。

本の形式と、家の形式は、対応している。畳と障子と襖で構成された日本家屋は、和綴じの本を平らに積むのには合うけれど、洋式の本を縦にしまう書架の置き場所がない。床の間をつぶしても、置ける冊数はかぎられる。予算を惜しまず大幅な改修を施し、和洋のスタイルを融合したモダニズム建築風の空間にするなら別だが、わたしには現実的ではない。木造であれ、鉄筋コンクリートであれ、硬い床と壁のある、洋風を基調とする建築を選ぶほうが、明らかに都合がよかった。

ただし、日本で建てられる洋風を模した一般的な住宅建築は、障子の名残なのか、外壁に窓をつけられるだけつけることが多いようで、その分、書架を設置できる壁の面積は狭くなる。書斎として使っている部屋の壁の一面に本棚を取りつけたのは、二〇二〇年の春だった。この時期に外構の工事が進んだのだが、家の内部も変化した。四月になったのに授業もはじまらず、異常事態の緊張感で机に向かっての仕事に集中できないため、いっそのこと手を動かそうと決めて、それまで時間が取れず後回しにしていた日曜大工に類する仕事を一覧に書き出し、順に片づけたのだ。

この家も、戸外に面した壁には、すべて窓がついていて、書斎に本棚を置く場所がなくなりつつあった。そこで、北側の壁に二枚並んだ窓をつぶして、全面を書架にしようと考えたが、窓の塞ぎ方に不安があったので、ここでもやはり、建築家のGさんに問い合わせた。板でも貼ったほうがいいのかどうか訊いてみると、一番の問題は窓ガラスと雨戸のあいだの空気が冷やされて結露し、木材が傷むことで、板など貼れば湿気が溜まってますますよくない、それよりもガラスと雨戸のあいだに断熱材をなるべく隙間のないよう詰めるのがいいと思う、との助言を得たので、ホームセンターでパネル状の断熱材を買ってきて、言われたとおり、ガラスと雨戸のあいだに挟んだ。

書架については、実用品と割りきって、とにかく高さは天井近くまで、左右はほぼ壁の端から端まで設置できるものを、通信販売で注文した。八十センチ幅の通常の書棚六台と、その上へ載せる小型のもの六台を組み立てるのに、二日ほどかかっただろうか。順を追って、ネジを留めたり、背板を嵌めたりしていれば、着実にかたちが出来てくる。

本を入れてみて、そういえば、ずっと昔から、壁一面の本棚がほしかったのだ、と思い出した。

*

十二月に訳書が刊行されて間もなく、Cさんから封書が届いた。Cさんは、英語から日本語への文芸翻訳を手がける翻訳家だが、わたしにとっては、小学校からの友人の母親であり、そして、なによりも、わたしがはじめてじかに接した、本であふれる自分の書斎をもつ女性だった。

大手新聞社に勤めながら、大量の翻訳の仕事をこなしていた。それがどれほど大変なことか、わたしにはよくわかっていなかったけれど、小学校高学年から中学、高校にかけて、ときに彼女の書斎にある壁一面の本棚から本を借りた。北杜夫の「どくとるマンボウ」シリーズは、ここで借りて読んだはずだ。彼女はまた、わたしの誕生日に、ポール・ギャリコ『ジェニィ』（古沢安二郎訳）の文庫本や、各行の冒頭一文字を拾うとわたしの名前になるアクロスティックの自作詩を贈ってくれたりもした。

なにしろ忙しいひとなので、そう長い時間話したわけでもないのだが、こんなふうに本に埋もれて仕事する女性が、現実に傍にいたことは、わたしにとって大きな意味をもった。『水牛通信』のメンバーだったから、書き手の世界とつながるひとでもあった。

彼女の書斎を見て憧れた、壁を埋めつくす本棚と、その前から絵に描いていた、野原の一軒家。これらふたつの幻影はいつしか、わたしのなかで重なっていた。住みはじめた秩父のこの家で、外構を整える工事と並行して、書架を組み立て、書物を配架したとき、家と、本棚と、本からなる三重の入れ子が、かちっと嵌まったかのごとく、なにかが完成する感覚があった。

Cさんの書斎に出入りしていたころ十代半ばだったわたしは、いま、五十歳になった。翻訳の仕事をするようになってからは、訳書が出ると、Cさんに送り、Cさんは丁寧に読んで、時々感想を送ってくれる。今回の訳書は中国が舞台で、満州も登場するので、満州生まれのCさんは、ことのほか喜んだようだ。

手紙の最後に、八十四歳になって振り返ると、五十代と六十代が心身ともに一番元気でした、とあった。このころは長い翻訳もできた、と。つまり、ちょうどわたしが彼女の書斎を眺めていたころ、彼女の仕事盛りの時期が、はじまりかけていたわけだ。

晩年の大原富枝も、どこかで、六十代は働き盛りだと書いていた。

閉経という転機が関わる以上、この実感は、女性に言ってもらうのでなければ意味がない。元気を大切にね、と記された筆跡を、白い家で、本に囲まれて、何度か読み返した。

庭の水

いつ目にしたものだったか、どういう状況だったか、背景はなにもかも忘れているのだけれど、都内のマンションに暮らしていたある日、部屋の天井に不可思議な光がゆらめいているのに気づいて、はっとした。小さな水面に差した日光の反射だった。なんの水だったのかも覚えていない。アボカドやマンゴーの種を発芽させようと、容器に水を張ったなかへ入れて、日当たりのよい窓辺に置いたことが何度かあったから、その水だろうか。

ほんの些細な水面だが、思いがけない位置に水紋を映すのを見たとき、一瞬、ここがどこだかわからなくなるような、異世界に迷いこんだような感じがした。少しの水で、風景の奥行きが一変することを悟った、その瞬間だけが記憶に残っている。

庭園や公園を歩くと、水辺に引き寄せられる。池を眺めるときの心の鎮まり方は、ほかでは得られないものだと思う。十代、二十代の落ち着かない日には、日比谷公園の池のほとりのベンチに座った。清澄庭園の池の飛び石から見る水面の光も忘れがたい。石神井公園や浮間公園は、敷地の大半を占める池の景色ゆえに、わたしにとって特別な場所だ。

自分の自由になる土地が手に入ったとき、当然、小さな池をつくりたいと思った。けれども、元から水があるわけではないところへ水を溜めて、きれいに保つには、やはり、こまめな維持管理が要るようだ。大がかりな工事をしておいて、涸れたきりの無惨な穴を庭の真ん中に晒すのは避けたい。

もう少し様子を見ようと思いつつ、なにか物足りない心持ちでいたところへ、ある知人が、鳥のために深皿に水を張って庭木の下に置いているのを知った。たくさんのシジュウカラが水浴びに来るという。

近所の古物屋へ行き、若主人のNさんに用途を説明すると、皿代わりに、大きめの陶製の花器を勧められた。円形がひとつと、長方形がひとつ。居間兼食堂の足許まである窓から見えるイロハモミジの根元に、コンクリブロックを置き、その上に花器を載せて、水を入れる。じきに、鳥はやってきた。

イロハモミジのすぐ後ろにはウメの大木があり、隣にはナンテンとユズがある。鳥は枝を行き来する途中に、水盤のへりに足をかけて水を飲んだり、中へ入って羽根を洗ったりする。窓から近い位置なので、室内にいながら、よく見える。

年中来るのは、賑やかなメジロやスズメの群れ、やや図々しいが憎めないヒヨドリ、そして、一度巣箱が水浸しになって以来、その場所には営巣しないけれど、木々や水場にはよく寄ってくれるシジュウカラ。ひとまわり大きいツグミやムクドリも来るし、キジバトのつがいも見かける。冬は、なぜか毎年決まって、ジョウビタキのメスが一羽だけ居つき、あちこちに留まっては、可憐に尾を振る。

寒冷地の秩父では、冬になると、夜間に水が凍るので、朝、起きると外へ出て、氷を割り、水を替える。毎朝そうしていたら、割り方が乱暴だったのだろう、円形の花器はひびが入って水が漏るようになってしまった。後釜に、祖母から受け継いだものの使わなくなった無水鍋の蓋を据えた。新しい水が入ると、ときには何種類もの鳥が、待ちかねたように代わる代わる訪れる。

鳥がいないときは、ネコが来る。向かいのTさん宅の三匹のほか、このあたりは半野良も多いため、入れ替わり立ち替わり、それぞれに自分の庭だと思っているふてぶてしさで悠々と過ごす。水盤を置いた場所は日当たりがいいので、水を飲んだあと、しばらく近くに腰をおろして、日を浴びる。

あるときは、水に顔をつけている姿が、どうもネコと違うので、よく見ると、タヌキだった。その後もたまに見かけるので、裏の藪に棲んでいるのだろうと思う。ずいぶん痩せていた。

少しの水があるだけで、本当に景色は変わる。いろんなものが集まってきては、なにかの入口であるかのように、光る水面を覗きこむ。

＊

室生犀星が庭を論じたなかに、水の話があった気がして、『庭をつくる人』を開くと、冒頭からして「つくばひ」の項だった。曰く、「水といふものは生きてゐるもので、どういふ庭でも水のないところは息ぐるしい」。つくばいの水だけでもいいから、せめて一箇所は水がほしい、とある。これは犀星一人の趣味というよりも、日本庭園のおおもとの考え方のような気がする。

ただ、犀星は、つくばいや井戸は好むが、池は「何となく好いてゐない」。流れがあるなら、池をつくってもいいけれど、街なかで水道の水を引くくらいなら止めたほうがいい、と言う。要するに、よそからもってきた水を絶えず継ぎ足すような池は、わざとらしい。それに、透明すぎる。「池は水の色の蒼みと何とも言へぬ濁りが尊い。曇天の如くして然《しか》らざるものである」。そう、池は、かけいの水が絶えず流れこむつくばいや、毎日水を替える鳥の水場とは、似て非なるものだ。ひとつ、思い出すことがある。

木の根元に置いた水場とは別に、ある夏、バケツに汲んだ水を玄関先に置いていた。蚊の多さに閉口して、対策を調べていたら、金魚やメダカを飼ってボウフラを食べてもらうほか、水に銅を入れておくとボウフラの成長を妨げる、というものがあり、半信半疑ながら、ともかくも簡単なので、試したのだ。

結果としては、たしかに水に銅線を入れておくと、産みつけられて孵化したボウフラは、いつまでも水底にいて成長しないようではあった。とはいえ、もとより家の裏手は鬱蒼とした藪であり、稀にしか草を刈らない庭も蚊には居心地がよいから、総数が多すぎて、バケツ一杯分減ったからといって、生活上、効果を感じるほどではなかった。しかし、そうやって溜め水を時々覗いていたところ、ある日突然、ボウフラよりもずっと大きな黒いものが泳いでいた。

いまでも悔やまれるが、わたしはそのとき、あまりに驚いて、とっさに水ごと捨ててしまった。一瞬のち、ヤゴだ、と気づいたけれど、もうどこへ行ったかわからない。ヤゴならボウフラをたくさん食べる上、水上にのぼれる場所を用意してやれば、トンボの羽化も見られたかもしれない。

バケツ一杯の水でも、こうして置いておけば、中から生きものが「湧く」。外から鳥やネコが近づいて、覗きこみ、口をつけるのとは違う。いわば、次の段階だ。なにもいない「きれいな」水から、鯉や金魚などの生きものの暮らす場へ。さらに、そこには、藻なり、アメンボなり、カエルなり、わたしの関知しないものが出来《しゅったい》する。水は蒼く濁っていく。池がはじまる。

＊

思えば、そういうものとしての池を、藤枝静男は書いた。『田紳有楽《でんしんゆうらく》』の主要な舞台である骨董屋の庭の池は、濁っている。鯉と鮒と金魚のほか、主人が田んぼで獲ってきて入れたタニシやオタマジャクシなどが暮らし、底にはアオミドロが沈む。一段深くなったところに、志野焼のグイ呑み、柿の蔕《へた》茶碗、丹波焼の丼鉢、それに唐津と備前の皿が一枚ずつ埋まっている。偽骨董品を商う主人が、泥や藻に漬けることで由緒ありげな肌合いに育てるべく、放りこんだのだ。

グイ呑みが金魚と恋に落ち、丼鉢が空を飛び、茶碗が人間に化けるという、奇天烈な展開を通じて描かれるのは、すべてが流転する世界のありさまだ。話が進むにつれ、主人が骨董屋であり丼鉢は丹波焼であるといった、登場人物たちの基本的な身分や出自は次々と変容していく。池は下水管を通じて川へつながり、焼き物たちは放浪するから、舞台も遠州灘へ、チベットへと、流れていく。

輪廻の思想が根本にあるのは言うまでもないが、それにしても、無機物と有機物の境すら超え、目まぐるしく万物の変転するさまを描く物語の中心として、得体のしれないものの拠点、生命の湧いては消える場である池は、いかにもふさわしい。

こう考えた上で、『欣求浄土《ごんぐじょうど》』を読み返してみると、ここにも、以前読んだときにはわからなかったことだが、庭に関連する要素がたくさんふくまれていることに気づく。作者にかぎりなく近い存在である主人公の章《あきら》は、樹木に強い関心を寄せていて、住まいに近い遠州の山々へ出かけては、地元の者や知り合いの案内で、珍しい大木などを訪ねる。山中の一本の木に意識を集めての観想は、それ自体、庭をつくり眺める者の態度に近い。

そのなかに、まさに「土中の庭」と題された章がある。宇目山の頂上付近の、かつてひとが住んでいた痕跡のある平地へ行った体験が記されるのだけれども、ここに、池が出てくる。ただ出てくるだけではない。池のある庭の起源にまで思いを馳せる文章なのだ。

山のなかに、なぜか平たく整えたような土地が出現する。埋まっている山茶碗のかけらは、奈良時代のものらしいが、それ以上のことは皆目不明だ。案内役の営林署員Aは、ほかにない種類の木がまとまって生えている一隅を指して、ここは庭だったのではないか、と言う。そして、池の跡のようなものもある、と、まるく窪んだ場所を指さす。

言われればそうも見えるが、奈良時代に池庭というものはあったのかどうか、それにこういう水溜まりは自然にできることもある、と章は疑いつつも、「不思議な幻を見てきたような興奮」を覚え、帰宅後に『日本の庭』という手引書を読む。

それによると、そもそも日本の庭は、家のまわりに小さな池を掘り、食用と観賞用を兼ねて鯉や鮒を放したのがはじまり、と推測されるようだ。そこから発展し、中国からの影響も加わって、飛鳥・奈良のころにはすでに、山を表現する岩や、池や滝や植えこみを配した、今日のものに近い庭がつくられていた。つまり、庭の誕生は、池とともにあった。遠い昔に土を掘って池をつくった人々の影を、章は思い浮かべる。

三年後、その宇目山を望む別の山へ登った章に、山の持ち主である知人は、宇目山のものとそっくりな円形の窪みを見せる。ここはかつて池だったところで、鯉や鮒を放していた、と知人が言うのを聞いて、章は驚く。宇目山のあの窪みは、やはりAの言うように池の跡だったのか。そして、ふたつの池の跡は『日本の庭』に書かれていたとおりの、原初の池庭だったのか。

帰り際、西日を浴びた宇目山を眺めつつ、章は、その山中に「円形の土の窪みが、かつて水を溢らせた遠い人間の生の痕跡として埋もれている」ことを思う。生命の湧く場としての池が、ここでは、遠い過去の記憶として想起される。

ところで、池に関連して藤枝静男のことが頭に浮かんだのは、『田紳有楽』のせいだけではない。彼には『ヤゴの分際』という短篇集もあり、わたしはこの題名が気に入って、しばらく前に読んでいた。

短篇「ヤゴの分際」の寺沢（『欣求浄土』の章と同じく、作者の分身と考えてよい）は、融通の利かない性格ゆえに息子と良好な関係を築けない自分を呪いつつ、縁側から狭い庭を眺める。「樋からの雨水が流れこむように作った一畳敷ほどの水槽」に、紅睡蓮が浮かび、小鮒が泳ぐのを見るうちに、終戦直後、米兵に卑屈な態度をとった自分を思い出し、自己嫌悪に苛まれる。そして、水槽の澄んだ水の底に溜まった泥を見つめながら、俺はトンボになれず醜い姿で這いまわるヤゴのようなものだ、と思う。

正体不明の生きものが蠢く池は、見る者の精神を水底の濁りに投影する鏡面ともなるのだが、ここを読んで、わたしの思いは自分の庭に引き戻された。そうだ、寺沢の庭の水槽のように、樋の水を誘導し、雨のときだけ自然に水が入れ替わる池をつくる方法が、以前読んだ建築雑誌の記事にあった。これなら、水道の水を使うようなわざとらしさのないかたちで、カエルやトンボのいる池ができるのだ。やはり、そのうちに、だれかに相談して、池のある庭にしようか……と、本から目をあげて、わたしは冬枯れの庭を眺め、まだそこにない水辺の像を重ねてみる。

山にたたずむ

机に向かう仕事がひと段落ついて、歩きたい、と思う。もう午後なので、遠くには行けない。日が落ちるまでに戻ってこられるところ、あるいはもっと短く、三十分だけ、一時間だけ、歩けるところ。空気が通って、草木の匂いがして、起伏のある道がいい。

そういうときに行く先の候補が、いくつかある。一番近いのは、市内の丘陵を切り拓いて大規模な公園にしたミューズパークのなかの、昆虫の森、と名づけられた散策路だ。ミューズパークには、野外舞台や、テニスコートなど、さまざまな施設があるが、昆虫の森は、かつてゴルフ場として整備した敷地に手を加え、昆虫観察ができる散歩コースとして開放している。

舗装をしない、土を踏み固めた小径は、ゆっくり一周して一時間程度。元ゴルフ場らしく、なだらかな丘が連なり、明るく開けた野原もあれば、植えこみも、落葉樹の谷も、池もある。出口付近には、両神山を正面に望む丸太のベンチが据えられている。

虫にとって棲みやすいことを基準にしているため、草刈りはきちんとおこないつつも、必要以上の手入れはしていない。ところどころ、伐った木材を地面に積んで朽ちるにまかせているのは、虫の棲みかということだろう。除草剤や殺虫剤も、当然、使用を控えているはずだ。

木の多くは、元々この丘陵に生えていたものと思われる雑木で、初夏にはエゴノキの白い花が眩しく、秋には山栗が足許に散る。木陰にサンショウの苗がたくさん芽吹いていていたり、アケビの実が木の枝に巻きついていたりもする。丘の上り下りにつれ刻々と変わっていく景色を眺めながら歩くうちに、呼吸が深まり、出発点に戻るころには、体の空気が入れ替わっている。

もっと山深い、水気のある風景に触れたいときは、車を十五分ほど走らせて、橋立に駐め、札所二十八番・橋立堂の脇から、武甲山へ向かう道を歩いていく。登山道のとば口ではあるけれど、しばらくは橋立川と平行した、ほぼ平坦な道だ。左は高い崖、右は岩間を流れる透明な沢と、対岸の山林。三十分ほど歩いたあたりで、二段構えの小さな滝の見える橋を渡り、そこから上り坂になる。さらに少し行くと、もうひとつ、滝がある。この辺で、引き返す。

この道を知ったのは、通い慣れたSくんやIさんの先導による、はじめての武甲山登頂の帰路だった。武甲山に登る場合、通常は山頂から見て橋立の反対側にある「一の鳥居」から登っていく。杉林のなかを登る道は、傾斜が急で、体はきついが、その分、まっすぐ山頂へ向かうことができる。

山頂に着くと、片側に柵がめぐらされている。石灰岩採掘によって山の姿を留めていない面が遮断され、立ち入れないようになっているのだ。高い木々に守られた幽遠な山のありさまを体感しながら登ってくるだけに、頂上で確認せざるをえない武甲山の惨状には、あらためて言葉を失う。

帰りも、一の鳥居へ戻るコースが一般的なのだが、わたしたちは橋立へ向かった。ゆるい下りで、時間はかかるけれど、アヤメの咲く日だまりがあり、橋立川のせせらぎもあり、谷を眺めてイワナを見つけたり、川辺で休憩したりと、暗い杉林の急坂に息を切らした往路とは対照的に、のんびりと歩いた。

登山に身を入れる時間も体力もないけれど、山のなかに立ちたい、と感じていたとき、ふと、あの帰路を思い出した。なにも、山頂まで登る必要はない。三十分でも、一時間でも、空き時間次第で、行けるところまで行って、戻ってくればいいのだ。

それからは、折に触れて行くようになった。自宅での仕事の切れ目に、車を出す。十五分で登山口に着き、十五分歩いて、引き返せば、家を出てから一時間で帰ってこられる。もちろん、もう少し余裕があれば、その分、遠くまで歩く。

同じコースを繰り返し歩くと、季節ごとの風景の移り変わりがよくわかる。特に春から夏にかけては、日の当たる川沿いの崖に咲く花の入れ替わりがめまぐるしい。フジ、ハリエンジュ、スイカズラ、マルバウツギ、キイチゴのたぐい、タマアジサイ。年ごとの植物の育ち方や花つきの違いもあり、日ごとの天気の違いもあるから、目にするものは、行くたびに新しい。

上り坂になって、森へ入っていくと、一歩ごとに川は谷底へ遠のく。三月初旬に、留学時代からの友人で中国出身の文学研究者・作家、Ｌくんと訪れた際は、まだ木々の芽吹きには早かったけれど、彼に現代中国文学のことなどを教えてもらいながら、眼下に小さな滝が見えてくるところまで登った。流れを見おろすと、褐色の木々と落ち葉と枯れ草のなか、沢に濡れた苔の瑞々しさが際立っていた。

しばらくたたずんで、水音や風に鳴る葉叢の音を聞いたり、息を深く吸って木や土や花の匂いをたしかめてみたりする。カメラがあれば、写真を撮る。そして、今日はここまでと、踵《きびす》を返す。

登頂しなくていい、ただ歩ける分だけ歩けばいい、と気づいたのには、脈絡がある。

＊

二〇一八年の春から一年間、ローザンヌに暮らした。当地生まれの作家、C・F・ラミュについて研究するのが目的だが、この地域の地勢と深く結びついた彼の文学作品を考えるには、資料を読むだけでなく、実際に山を知ることが欠かせないから、滞在中にできるだけ訪ねてみようと決めていた。

スイスは、山行以前に、自然のなかを歩くことが日常、という土地柄だ。ローザンヌの中心から三キロほど北の団地に借りた住まいは、すぐ裏が森になっていて、ソヴァブラン自然公園につながり、そのまま中心街のほうへ歩いて下ることができる。家から五キロほど北にある、ル・シャレ＝ア＝ゴベの丘陵へ向かって歩いてみたときも、麦畑の脇から牧草地へ、森へと、土の小径が途切れなくつづいていた。

地元の人々も、習慣として、そういう道を散歩する。徒歩での移動のための標識があちこちにあり、それでも道に迷った場合は、すれ違う歩行者に尋ねれば、あちらのほうへ三十分も歩けば着きますよ、といった具合に、事もなげに教えてくれる。日本の山村を旅行中、似たような距離の目的地に行こうと地元のひとに道を訊いては、車じゃないと無理だよ、歩いたことがないから徒歩でどのくらいかかるかもわからない、と戸惑われる経験を重ねてきた身には、新鮮だった。

暖かい季節になってからは、列車に乗って、山へ出かけた。青年期のラミュが通ったペイダンオー地方のプレアルプからはじめることとして、シャトー＝デーから崖の上のシュカ山荘まで登り、急傾斜の野原をおりていくコース、そして、モス峠からエメラルドグリーンのリオゾン湖へまわるコースを歩いた。長篇小説『デルボランス』の舞台である同名の歴史的な山崩れの跡地には、登山鉄道とロープウェイを乗り継いで、ソラレから、ときに放牧中の牛に囲まれつつ向かった。ミュンヘンから来てくれた大学時代の友人、Cくんたちとは、ツェルマットから、マッターホルン周辺のトレイルへ。ヴァルザー研究の泰斗Pさんと、司書のUさん夫妻には、アルプスよりも穏やかな風情のジュラ山地へ連れていってもらった。

歩きまわっているうちに、ここでは、少なくとも初級・中級程度のハイキングに関しては、ひとつの山を頂まで登っておりる、という考え方を、あまりしないのだな、と意識するようになった。

日本の登山ガイドブックを見ていると、ハイキング・コースの多くは山の名を冠したコース名で、その山の天辺まで登って下るのが、基本のスタイルとなっている。長丁場に耐えられるなら、そこから縦走に入る。なんとなく、そういうものだと思いこんでいた。

けれども、スイスでは、そうではない。スイスモビル協会が連邦観光局や各自治体と連携して整備している山歩きのモデルコースは、バスや登山鉄道やロープウェイなどを使って、ある程度の標高まで移動した地点から歩き出し、いくつかの峠を伝っていくものが多い。なかには、起点・終点ともかなり標高が高く、高山地帯ながら、散策路は高低差が少ないコースもある。だから、幼児も、乳児を背負った親も、杖をついた年配者も、それぞれの身体能力に応じた道を選んで、山の景色のなかを歩いていた。

そもそも、スイスの場合は山地の規模が巨大で、単独峰が少なく、登山家が相手にするような突出した高峰でないかぎり、峠がずっと連なっているから、縦走が基本になるのは自然なことかもしれない。しかし、地理的条件の違いだけではないような気もする。

武甲山の通常の登山口である一の鳥居は、山頂にある御嶽《みたけ》神社の鳥居だ。杉林のなかの登山道は、文字どおり、表参道と呼ばれる。もちろん、武甲山にかぎらず、山の上には神社がある。もしくは、麓に建てられた神社の奥の院がある。山頂はまた、仏教と結びついた「ご来光」を拝む場でもある。こう考えると、山歩きといえば麓から頂までの「登山」になりがちなのは、参拝の文化が背景にあるのではないかと思えてくる。

それはそれで、無論、いいのだけれど、気になるのは、登頂を目標として、そこにいたる苦難に意味を見出したり、達成感やカタルシスを求めたりすることが、山歩き自体の条件であるかのように語られる傾向があるのではないか、ということだ。きつい登攀の末に、見事な眺望の開けた山頂に到達する、その快さに得難いものがあるのは間違いない。けれども、それがだれにとっても至上の目的、ということになると、体力において劣る者を排除する構えにつながってしまう。日本の山を歩いていて、スイスで見かけたような幅広い属性の登山者を見ることはない。

だが、山は、当然ながら、頂上を目指して登ることのできる者だけのためにあるのではない。気に入った場所で立ち止まって、ずっと耳を澄ませていてもいいのだし、種類ごとに違う木肌を撫でて、そのまま帰ってもかまわないはずだ。

そんなことを考えていたので、帰国してしばらく経ったころ、あの橋立川沿いの道へ行ってみよう、と思ったのだった。

＊

ナン・シェパードは、山で立ち止まる。たたずんで、極限まで、山を自らのうちに迎え入れる。『いきている山』（芦部美和子・佐藤泰人訳）で彼女が綴るのは、そのような山との関わり方だ。一八九三年、スコットランドに生まれたシェパードは、生地に近いケアンゴーム山群に通いつめた。険しい岩山を標高約一二〇〇メートルまで登りきると、山頂のレベルに深い亀裂を刻んだ花崗岩の高原《プラトー》が広がり、透明な湖が点在している――という書き方で合っているかどうか、少し心許ないけれど、正確に記述するのが難しい特異な地形こそ、彼女が取り憑かれたこの山塊の魅力なのだと思う。その変化に富んだ隅々を歩いた経験が記されるのだが、その経験の仕方は、一定の距離を置いて景色を眺める、というよりも、色や空気や手触りを通じて、山がわたしを変容させるにまかせる、といったものだ。

たとえば、山が雪に覆われ、流れる水が凍る寒さの冬の夜を、彼女はこんなふうに語る。

私たちはその日の午後、モローン山に登り、日が沈むと同時に満月が昇るのを見た。真っ黒なモミの木立を除けば、そこは真っ白い世界だった。［…］厳しい冷え込みに雲ひとつない空。白い世界。沈む太陽と昇る月。モローンの斜面からじっと見つめていると、それらはプリズムを通して放射された、青、若紫、藤色、そしてバラ色の光に溶けていく。

満月は緑色の光の中へと浮かび上がった。バラ色と菫色が雪原と空とに広がる。色が自身の生を生き、肉体と復元力《レジリエンス》を持っているかのように。私たちが色を見ているのではなく、まるで色がその実体の内部に私たちを取りこんでいるかのようだった。

山に親しむ者らしく、彼女はときに相当な早足で歩くけれど、それは特定の目標に早く着こうとする登山者の歩みとはほど遠い。五感を山に晒して「犬みたいに」歩きまわる様子は、彷徨とも、さらには夢遊病に近い状態とも見える。そして、このような山との交歓の、もっとも澄んだかたちとして、彼女は山で眠る。

山で眠ったことのない人は、山を完全には知らない。人は眠りに滑りこむと、精神が凪いでいく。肉体は溶け、知覚のみが残る。思考もしなければ欲望もせず、記憶もしない。ただ、触知できる世界との純粋な触れ合いの中にある。

『いきている山』は、主に一九四四年から翌年にかけて執筆されたが、出版を断られ、シェパードは原稿をしまいこんだ。一九七七年、彼女が八十四歳のときに、ようやく刊行されたものの、流通は限定的で、シェパードは四年後に亡くなっている。細々と読み継がれていた本書は、今世紀に入ってから、ノンフィクション作家、ロバート・マクファーレンによる紹介を通じて、はじめて広く知られるようになった。今日では、ネイチャー・ライティングの世界的な古典と見なされている。

「もちろん、記録破りたちが山を愛していないと考えるのはまったくもって愚かなことだ。山を愛していない人が山に登るわけもないし、山を愛している人がもう十分に登ったと満足することも決してない」——シェパード自身がこう述べるとおり、だれよりも先に、より高いところへ、より難しいルートで到達することを望む冒険家たちを、彼女は否定するわけではない。山への愛情と登山の技術を共有する彼らに心からの敬意を表しつつ、しかし彼女は、別のものを見ている。

よそ見をしては、面白いものを見つけて駆け寄り、立ち止まって見つめ、触れ、嗅いでみることで、彼女はわたしたちに、別の価値基準を手渡そうとする。八十年前に準備されたその言葉を、受けとるときが来ているのだと思う。

筑豊で抗夫として働いた女性たちの声を、聞き書きのかたちで伝える森崎和江の『まっくら』を読んでいて、とりわけ印象深かったのは、「棄郷」と題した章だった。地下に潜り石炭を採掘して運ぶ、死と隣り合わせの重労働は、底辺の仕事、と見なされるもので、実際、厳しい生活を語る言葉が本書にもたくさん収められているのだが、にもかかわらず――と、つなぐこともできるし、であるがゆえに、と言うこともできる――その日その日を生きていく体の艶と力と矜持が、九州弁の語りからあふれて、なかでも「棄郷」の語り手は、章題どおり、里を去って炭坑を居場所と定めた意志の揺るぎなさが際立つ。

別府出身の彼女は、湯布院の料理屋へ嫁入りしたが、義母にこき使われた上に、夫がはじめた床屋の収入では払いきれない月額の「講をかけさせられて」（収入の多寡にかかわらず、決まった額を月々、親に納めさせられた、ということだろう）、金が底をつき、泣く泣く夫婦で炭坑に出た。怖ろしいところと聞いていたから「地獄におちるような気持」だったけれど、入ってみると、違った。

［…］夫婦で中間《なかま》町のちかくの上津役《こうじゃく》という小さな炭鉱にいきましたと。さあ三十人もいたでしょうか、みんないい人ばっかりでねえ。わたしはもうびっくりしてねえ。朝鮮さん

も多くて、いっしょに唄うとうて、石炭のせる函に乗ったりしていましたよ。

働き者の夫妻は、働いた分の稼ぎがあること、自分たちの家をもてた上に貯金もできること、快く助け合う仲間がいることを喜ぶ。その暮らしよさを、彼女は何度も、もといた「地方」と比べて語る。

炭坑の人のほうが地方の人よりいいですよ。地方の人間はきたないです。人間がうらめしくなりますよ。あそこはどうじゃ、あれは何じゃいうてですねえ。炭坑じゃ米借してくれ、金借してくれといっても利子とるじゃなし貸したり借りたりする。地方じゃそういうことはできやせん。うらめしい所じゃけん。〔…〕

炭坑もんは気っぷがさらっとあっていい。わたしは好きですね。そんな人が多くて暮らしがいやらしくなくていいです。

もちろん、ひとや炭坑や時代によって状況は異なるし、死亡事故、搾取、暴力の悲惨は本書にも述べられており、炭坑はいいところ、などと言うつもりは毛頭ない。けれども、この女性の語りからは、土地や財産や権力関係をかかえこんだ「家」からなる社会の束縛が骨身に沁みた彼女にとって、守るものもない分、裏表のない平等な関係を築ける炭坑の生活文化が、どれほど解放を意味したかが、ひしひしと伝わってくる。

さまざまな出自の人間が裸一貫で集まるような共同体に入って、彼女は「地方」のなにが辛かったのかを、対比を通じて理解し、そこで理解したことを、いまいる場所に腰を据えるよすがともしたのだろう。しがらみに満ちた出身地こそが、彼女にとっての「地獄」だった。

わたしが秩父へ住まいを移したことに関して、何人かと交わした会話を思い出す。

なぜ山あいの町に引っ越したのかを、東京に暮らす知り合いから尋ねられるとき、なかにはわたしの答えをろくに聞かず「田舎」を蔑む相手がいることは以前書いた。しかし、それとはまた別に、わたしの説明を聞いて、たまに、相手がなんとも微妙な表情を見せることがある。

その場合、曖昧な顔つきになった相手は、大抵、少し間を置いてから、まあ、でも、田舎は閉鎖的だから、それはそれできついときありますよ、とか、都会出身だとかえって田舎のよさがわかるんですかね、とかいったことを、歯切れ悪く言う。それでこちらは、あ、このひとは、地方から東京に出てきて、戻りたくないのだ、とわかる。東京住まいで帰省中の秩父出身者と話す際も、ときに、こういう展開になる。

相手の台詞を聞きながら、「田舎」という言葉のふたつの意味を、混ぜて使っているのだな、とわたしは思う。故郷、という意味と、大都市圏以外、という意味。地方から大きな都市へ移った者の言う「田舎はいやだ」には、親類や隣近所のしがらみがある、ということと、新しいものや情報や都会らしい風景がない、ということの、両方がふくまれている。おそらく多くのひとは、ふたつの意味合いを混在させていることに気づかぬまま、口にしているのではないか。

けれども、たとえば、東京都心に代々の土地をもつ家の者は、山の手であれ、下町であれ、東京だからといって「自由」なのではなく、やはり、その家なりの束縛があるはずだ。東京が故郷なら、それゆえに離れたい、あるいは離れざるをえない人間がいる。

そしてまた、地方出身者が故郷のしがらみから逃れたいと思うとき、その行き先は、かならずしも大都市圏である必要はない。無論、物理的に大都市にしかないものを求めるなら、そこへ行くしかないが、主な目的が「家」の桎梏を逃れることであるなら、たとえば、農村地帯から別の農村地帯へ、でもいいはずだ。ただ、居ついた先の土地に根ざすしがらみに新たに絡めとられないためには、「棄郷」の語り手にとっての炭坑のように、ほうぼうからひとが寄り集まる、元々だれの故郷でもない場所へ流れたほうが、「自由」を得られる可能性は高いものと考えうる。

ここまで考えて、そうだ、「新しき村」に行ってみよう、と思った。

*

毛呂山《もろやま》に用事があるとき、秩父からは電車よりも車で行くほうがずっと早いので、いつも国道二九九号の峠道を越えてゆく。山の向こうの飯能まで出て、カワセミ街道に入ったあたりで、「新しき村美術館」の古い木製の案内板の横を通りすぎる。それで、この地域に武者小路実篤《むしやのこうじさねあつ》の設立した「新しき村」が現存することをはじめて知り、そのうち訪れようと思っていた。

ある日、毛呂駅近くの喫茶店で休憩中に、ふと窓の外を見ると、真向かいにあるシャッターの閉まった店舗の看板が目に入った。半世紀ほど前のものと思しき、だれかの手書き文字から起こしたらしい切り文字看板に「皆さんの驛前本屋」とある。これが店名なのだろうか。不思議に思いつつよく見ると、右端に小さく「實篤」と署名があった。

帰宅後に検索した店のウェブサイトによれば、開業時に武者小路実篤に命名と真筆を頂戴した、という。まったくの想像だが、何々屋、何々堂、といった屋号を期待していた創業者は、老作家から鷹揚に示された「皆さんの驛前本屋」という名に、内心、戸惑ったのではないだろうか。そう考えると、おかしくなってくる。

けれども、あらためてこの店名を眺めてみれば、何々屋、と名づければ所有の主張となるところを、そうならない名前にしよう、という意図が明確だ。皆さまではなく皆さん、書店ではなく本屋、という言葉遣いは、店員と顧客とが互いにへりくだったり侮ったりしない、率直で平等な関係にふさわしい。名前らしい名前のない、ということはつまり、ほとんどだれのものでもない、ひとの集う駅や広場のような、共有財としての本屋を、実篤は思い浮かべたのではないか。まさに、彼が宮崎で拓き、この毛呂山の地へ拠点を移した「新しき村」の発想だ。

三月末の暖かい日に、村へ出かけた。峠を越えて、カワセミ街道から県道三十号に出たあと、毛呂駅前に行くときは左折するところを、今日は直進し、少し先で右に曲がって、細い道に入る。八高線の踏切を越え、少し残してある雑木林を抜けると、白抜きで文字を記した細い木の柱が目に留まった。「この道より我を生かす道なしこの道を歩く」。さらに行くと、きちんと手入れされた草地と茶畑が広がる開けた空間を、小さな平屋の家が点々と取り囲む、のどかな風景が現れる。入口に、先ほどと同じような木の柱が、今度は道の両脇にある。右と左をつづけて読めば、「この門に入るものは自己と他人の／生命を尊重しなければならない」。あたりに、ひとの姿はない。

奥へ進むと、作業服の男性が歩いてきたので、呼びとめて、駐車できる場所を教えてもらった。一般に公開しているのは、一番奥の「新しき村美術館」だから、まずはそこを訪れることにして、入ったけれど、受付にだれもいない。ごめんください、と呼ぶと、奥の扉から、白い顎髭を長く生やした仙人のような風貌の男性が出てきた。びっくりしていると、意外と軽妙に、ああ、すみません、どうぞどうぞ、いやあ、あまりひとが来ないんで、と、展示室の電灯をつけてくれた。

　実篤の書画と、村の歴史にまつわる資料を並べた展示室をひとわたり見てから、関連図書を収めた隣の資料室も見学し、会誌『新しき村』の最新号と、武者小路実篤『新しき村について』、渡辺貫二編『年表形式による新しき村の八十年　自１９１８年〜至１９９８年』、そして玄関で売られている村の生産品のうち、有機栽培の玄米を買う。すると、いらっしゃったお礼にと、新しき村出版部で発行した関係者の文集を添えてくれた。

「自他共生」の共同体を目指して、実篤らは一九一八年、宮崎県児湯郡石河内に移り住んだ。二五年に実篤は家庭の事情などで村を離れるものの、その後も物心両面での支援を継続し、留まった仲間たちは苦労の末、田畑を整えた。ところが、土地はダムの建設予定地となり、一部が湖底に沈むことになったため、この日向《ひゅうが》の村は残しつつ、補償金で埼玉県入間郡毛呂山町に土地を買い求めて、新たな本拠地とした。一九三九年のことだ。

「義務労働」を六時間程度おこなえば、あとは自分の好きに時間を使う生活が、実篤の掲げた理想だったが、現実にはそれでは立ちゆかず、長いあいだ、収入の柱は実篤の原稿料と、村外からの寄付だった。しかし、毛呂山の「新しき村」は戦後、飛躍を遂げる。養鶏業が成功して、経済的自活に達し、一時は年収が三億円あまり、村の人口は六十人を超えるまでになった。

けれども一九八〇年代中盤あたりから、卵の価格が下落し、村民は減っていく。人手が足りなくなって収入が減少する一方で、新規の入村はなく、高齢化が進む。とうとう昨年、五人が去って、村民は三人となった。その一人が、美術館で迎えてくれた髭の男性、Yさんなのだった。

存続が危ぶまれる状況ではあるのだが、現在、村は一般財団法人から公益財団法人へと資格を変えるための手続きを進めている。認可が下りて、寄付が増えれば、見学客の受け入れに向けた設備改修などをおこなう予定だという。資料を買う際、事務室で、Yさんと、ちょうど来ていた法人監事の方とも少し話したが、認可まであと一歩のようで、二人の話しぶりは明るかった。

彼らの口調だけではない。春の陽気もあずかってはいたかもしれないが、全体として、わたしはこの場所に明るさを感じた。美術館の玄関でYさんと話していると、郵便局の配達員がやってきて、いかにも馴染みらしくYさんとやりとりし、わたしにも挨拶して出ていく。近所の女性が中を覗いて、タケノコはいつから売りますかと訊く。勝手に想像していたような村の内外の壁は感じられず、穏やかで、屈託がない。村のなかを散歩していいですか、と尋ねると、どうぞ、どこでも見ていってください、とのことなので、美術館を出て、ゆっくりと一周した。

空き家が多いのだろう、しんとしている。けれども、家々は植栽に囲まれて、塀を設けず、間隔を空けて建っており、建築自体もおおむね戦後すぐから昭和末期あたりにかけてのもので、それ以前の時代の痕跡はないから、過疎地域の「本物の」古い村とは景色が明らかに違う。とはいえ、八十年かけて育てただけの落ち着きがある。

村から少し下ると、広々とした田んぼがあった。手前の用水路には澄んだ水が流れ、遠くに耕耘機を押すひとがいる。米づくり担当の村民だろうか。田んぼの向こうの雑木は、うっすらと若葉が出はじめて、ところどころにサクラが咲いている。やはり、ここは明るい。

自分も他人も生かすのだから、出入りは自由、他人に強制しない、自分を犠牲にしない。そういうことを、実篤は繰り返し述べた。既存の宗教・思想には依拠せず、また、労働以外の時間を確保するため、文明の利器は積極的に使い、外部からの支援を歓迎する。こうした考えは、柔軟とも、無定見ともいえるし、この「素朴さ」は、太平洋戦争開戦時の彼の無邪気な戦争讃美とも、無縁ではないだろう。

けれども「新しき村」の来し方を眺めるにつけ、この柔軟／無定見を通したからこそ村は存続したのだとも、思わざるをえないところがある。高度経済成長期に村の経済的自立の基盤となった養鶏とは、バタリーケージによる鶏卵生産だった。前田速夫『「新しき村」の百年』によれば、雌鶏を狭いケージに詰めこんで収益を最大化するこの飼育法の導入には、当時から「村の精神に反する」との反対意見が多かったのを、自活のためにと、長年、村の中心人物だった渡辺貫二が押し切ったという。まさに、自分の時間をもつために「文明の利器」を使ったわけで、いまも村の歴史においては英断と見なされるようだが、バタリー廃止が世界の趨勢となりつつある今日の視点から見れば、経済優先の世を憂い「正しき生活」を願う村の精神とは、たしかに矛盾するように思えてしまう。

養鶏のあとは、村の敷地に太陽光発電パネルを設置して売電で稼ぎ、しばらくすると売電価格の下落でふたたび苦境に陥った。そしていまは、公益財団法人認可と観光地化といった方向に希望を託そうとしている。変わらないようでいて、実は村は要所で、経済的に自滅しないための手を打っているのだ。

それらの方策のいくつかは、「村の精神」から見れば、微妙なものをふくむ。しかし、武者小路実篤自身が、思想的矛盾を突き詰めない、ぽかんとした明るさをもって行動する存在だったことを思えば、彼に惹きつけられた人々の、このような行き方は、ある意味では「村の精神」に適っているのかもしれない。

微妙であればこそ、紆余曲折を経ながら村は延々とありつづけ、多種多様な出自をもつ人々を迎え入れた。拍子抜けするほど平明で率直な言葉に共鳴した者が、自分の里を離れて、共同生活に入る。文学者や芸術家も、職人や百姓も、家出少年も。

だれの故郷でもないから、自由と平等を夢みることができる。曖昧な場所だからこそ、縛られずに居つづけることができる。あるひとにとって炭坑がそうだったように、「新しき村」は、少なくとも一部のひとにとっては、「地方」からの避難所でありえただろう。

＊

詩人のHさん、Nさんと歓談の折に、「新しき村」を訪れた話をしたところ、Hさんが、阪田寛夫の『武者小路房子の場合』が面白かった、と教えてくれた。実は、村の関連資料を読んでいて、一番引っかかったのが、武者小路房子のことだったから、すぐに手に取った。取材の過程を交えて房子の生涯を再構成していく、ドキュメンタリー的な伝記小説だ。

房子は、実篤の最初の妻で、一緒に日向の村に移住した。ところが、房子も、実篤も、村内の別の相手と恋仲になった。二人は離婚し、それぞれ新たに所帯をもって、しばらくは両者とも村に住みつづけたが、その後、実篤は二人目の妻・安子と、彼女とのあいだにできた二人の子供を連れて、村を出た。

ダムにより土地の一部が水没し、毛呂山に新たな村ができてからも、房子は夫の杉山正雄とともに日向の村に残る。安子と実篤は一九七六年に世を去り、杉山は八三年に亡くなったが、房子は八九年、昭和が終わる年に九十七歳で息をひきとるまで、日向の村に生きていた。

ここまでの概要を知った時点で、わたしは、実直に日向の田畑を耕しつづけた杉山夫妻を思い描いていた。しかし、阪田の描く房子は、まったく違った。

房子の父は、福井の名家に婿入りして県会議長から国会議員にまでなった竹尾茂で、彼女は妾の子だった。母方の伯母の家に籍を入れられて、伯母宅と母宅とを行き来し、ときに父の実家に連れていかれる、という生活で、思春期までに三度、名字を変えている。父の本妻と、妾である母、さらに父のほかの妾たちのあいだの確執を目の当たりにしながら「天と地の真中にぶら下つて生きてゐる」ような気持ちで暮らす彼女は、嘘とはったりで立ち回ることを覚え、家出を繰り返したりしたのち、東京に出て、次々と恋人を変えながら文壇界隈に出入りするうちに、実篤と出会う。すでに有名作家である実篤は、相手のあからさまな虚言と押しの強さにたじろぎつつも、この強烈な個性に惹かれて、結婚した。

「新しき村」をはじめるとき、我孫子の立派な家を売って、日向の村へ夫妻で移住することに、房子は抵抗しなかった。だが、着いた先では一切働かず、村民たちが貧窮に喘ぎながら開拓にいそしむなか、派手な生活をつづけて、反感を買った。

村の仲間には、実篤を慕ってきた若い男性が多い。実篤が疑ってかかるのが、かえって房子に火をつけた面もあったのではないかと阪田は推測しているけれど、ともかく、彼女は村内の劇団で相手役を務めた三人と浮気をする。他方、実篤は新たに入村した安子を気に入り、自分の世話係にして、じきに関係をもった。

房子の二人目の相手は逃げたが、三人目の杉山は、実篤に向かって、房子は自分が引き受けた、不幸にはさせない、と確約したという。杉山は、父を知らず、再婚した母にも置いていかれて、萩で祖母に育てられたというひとで、大連にいる叔父のもとで中学を出て、山口高校に入ったところで、家出同然に村に来た。阪田によれば、房子の前の愛人と違い「逃げて帰る郷里が地図の上にも心の中にも無い杉山は［…］たぶんよんどころなく、「村」で武者小路房子の夫としての生活を始めた」。

二人は一時期、鎌倉に暮らしたあと、結局、日向の村に戻ってくるのだが、その前に、竹尾の姓に戻っていた房子は実篤に要求して、強引ともいえる方法で、武者小路の姓を取り戻している。杉山をいったん実篤の養子にさせた上で、武者小路正雄となった杉山と結婚することで、彼女はふたたび、武者小路房子となったのだ。

房子も、杉山も、居場所のない環境で、十代までの日々を過ごした。また房子は、家が変わるごとに名字も変わった。由緒ある武者小路の姓を戴き、武者小路実篤の拓いた村に生涯、居つくことで、彼女は一種の復讐を果たして、心の安寧を得たのかもしれない。杉山はといえば、田づくりの相棒である牛と心が通じるほどに、働くことがただ楽しくて仕方ない、という境地に達した。実篤の言う労働と自分の時間とを、一体化させてしまったらしい。

いわば、実篤の構想を凌駕するかたちで、武者小路房子・正雄は、新天地としての「新しき村」を、使いつくした、と言ってみることができるのではないか。よんどころない事情が、自らの望む選択と区別できなくなったとき、いま居る場所は、居るべくして居る場所になる。阪田が相対した「御本尊」たる最晩年の房子は、もはや日向の村の土地そのものの霊が、大蛇に化けてとぐろを巻いている趣だ。圧巻の「移住」ではないか、と感じ入りつつ、なにか胸を締めつけられるような気もする。

花々と子供たち

今年はどの花も咲くのが早い。バラも早かった。二年前に植えて以来、ぐんぐん成長して、いまや大株になったバタースコッチが、今年は二百を優に超えるつぼみをつけ、もう四月末から咲き出した。大ぶりな一番花が次々とほころぶなか、暇を見つけては、アブラムシを捕り、萎れた花を摘む。摘みとった花を一箇所に重ねていくと、たちまち花弁の小山ができる。

レベッカ・ソルニットは『オーウェルの薔薇』（川端康雄・ハーン小路恭子訳）で、バラという花の特権性の一因を、その花弁に見る。さして肉厚ではないのにハリがあり、子供の頬のように柔らかいのにしなやかで、へたらない。すぐに茶色くなるようなこともない。花柄摘みをしていると、その手触りの心地よさが指から伝わって、身に沁みる。きれいなまま積みあげて、枯らすしかない花弁が、惜しい気がしてくる。

そう思っていたら、友人のAさんから、祭りに花を使わせてくれないだろうか、と声がかかった。市内からやや離れた集落にある山寺で、恒例の花祭りがあり、花御堂を飾ったり石段へまいたりするのに使う花を、ふだんは寺の庭や近所で調達するのが、今年は目当ての花がおおかた終わってしまって、困っているのだという。釈迦の誕生を祝う灌仏会《かんぶつえ》は通常、四月八日だが、秩父地域では、雛祭りや七夕と同じく旧暦に合わせるのか、ひと月遅れでおこなうらしい。

願ってもない花の使い途に、二つ返事で承知して、当日の手伝いにも加わらせてもらうことになった。早朝に摘んだ花を携えて、寺に着くと、住職一家や、三々五々集まってくる地区の老若男女とともに、近隣でさらに花を集め、充分に集まったら、本堂の傍、木陰の広場に作業用の卓と腰掛けを並べて、形の整った花は飾りつけ用に茎だけ落とし、残りは散華《さんげ》用の花弁にばらしていく。

バラ、ツツジ、シャクヤク、オオデマリ、菜の花、マーガレット、ヤマボウシ、ナツロウバイ。いつもは花御堂の四隅に垂らすフジが、すっかり終わっているので、ハリエンジュ（ニセアカシア）を代わりに使う。木々に囲まれた作業場に花の匂いが満ちるなか、二十人もいただろうか、みんなで大量の花びらをむしる。時々、花のなかから青虫やクモが出てきては歓声があがり、子供たちは見たくて飛んでいく。

子供が主役の祭りであって、花御堂を飾りつけるのも、いよいよ本番となって山門から本堂へ誕生仏と花御堂をかつぎあげ、花弁を振りまくのも、子供たちだ。殊勝につとめを果たしたかと思うと、地面に散った花びらの投げ合いに我を忘れたり、甘茶をもらいに集まってきたり、ぱっと全員どこかへ消えたりする。記念写真のために山門の前へ集合したときは、ふと見ると、路傍のサクランボのたくさんなった木に何人も取りついて、高いところのを採ろうと奮闘していた。すごく甘いんだよ、桃みたい、と教えてくれる。

バラを育てたことから、花祭りの場に立ち会うことができたわけだけれど、本来はあくまで地区の子供たちのためにある内輪の行事を体験させてもらえて嬉しかったのは、咲いては枯れるばかりの花を役立てられたから、というだけではなく、こうした子供の行事が秩父にあることを、以前から、うっすらと知って、惹かれていたためでもあった。

＊

床一面の赤い花と、子供の寝顔を写した一枚が、記憶に残っていた。秩父の写真家、南良和の『秩父から』に収められた「おこもり」だ。夜の室内を撮った写真だが、縦長の画面の下半分、部屋の手前側の床にあたる部分は、しおれかけた赤い花に埋めつくされている。よく見ると白い色も交じる花々は、ツバキが主体らしいのだけれど、全体にくったりとして、花と花の境目が見分けがたく、波立つ血の海のようにも見える。他方、画面の上半分、部屋の奥のほうでは、花の海と地続きのように敷かれたござの上で、数人の子供が、布団から半分はみ出して熟睡している。ござと花の境目には、左右にそれぞれ、小さな祠のような御堂と、賽銭箱。なぜこんな光景が現れうるのか、にわかにはわからない、異様な迫力のある図像だ。

南による巻末の解説を読むと、これは吉田・塚越に二百年つづく花祭りの一場面で、この祭りは子供たちがすべてを取りしきる。まず、四、五日かけて、氏神である熊野神社の床を埋めるほどの花を摘む。祭りの前日、男の子たちは「おこもり」と称して花とともに一夜を過ごし、翌早朝、四百メートル離れた米山薬師へ、花をまきながら、花御堂と誕生仏をかかえていく、という。わたしが別の寺で実見した花祭りの、これが古い姿なのだろう。

子供たちだけの手で進められる秩父地域の行事は、ほかにもある。かつては秩父、いまは小川町で食堂を開いているOさんが教えてくれた、小鹿野町役場秘書企画課編『ふるさとの味を訪ねて』は、小鹿野の山村の食文化にまつわるエッセイと、そこに言及される料理を現代向きにアレンジしたレシピとを収めた本だが、このなかに、河原沢の「おひなげえ（お雛粥）」のことが載っていた。

先述のとおり旧暦に合わせて四月に祝う桃の節句の日、この付近の耕地に住む子供は、食器や米を持参して河原に集まり、自分たちだけで煮炊きをし、飲み食いして、一日を過ごす。そのために子供たちは、三月中盤から河原へ通って、宴の場を囲う石積みと、かまどづくりにいそしむ。大人は決して手を出さない。

どんな意味のある風習なのか、はっきりしないようなのだけど、読んだとき、ふわっと体が浮きあがるような感じがした。結界を区切るところから自分たちで築いた世界で、大人の指図を受けずに試行錯誤しながら、ままごとでない本物の食事を野外でつくり、食べながら遊ぶ、その日の子供の興奮に体が勝手に伝染して、浮遊感を覚えたのだと思う。

塚越の花祭りも、河原沢のお雛粥も、今日、なおつづいている。前者は県指定、後者は国指定の無形民俗文化財となって、それぞれに保存会があり、子供が減ったために他の地区からの応援を受け入れたり、対象地区を広げたりと、継続のために骨を折っているようだ。準備作業や煮炊きを完全に子供にまかせるようなことは、いまはない。

それでも、こうした数多くの小さな祭りが、「観光資源」ではなく、地域の暮らしの節目として引き継がれることの意義は、代え難い。大人による「お膳立て」がどうあれ、子供たちは、野外に寄り集まる場があれば、一方で大人の真似をしつつ、他方で大人に真似できない子供の身ぶりで、くっついたり離れたり、興味を覚えた目標へ飛んでいったりする。そうやって遊びながら、子供たちの世界をつくっていく。

＊

一昨年に閉店した本郷三丁目の大学堂書店は、小さいながら人文書、文学から新書、紙ものまでそろって、わたしにとっては覗くたびに楽しい、長く親しんだ古書店だった。いつだったか、ある日、加古里子《かこさとし》『日本伝承のあそび読本』を見かけて、買った。ビニールカバーのかかった、一九六七年刊の新書版で、「花・草・木のあそび」「紙のあそび」「工作あそび」「あやとり」といったジャンル別に、ごく基本的な遊びが百種ほど、著者の絵による図解つきで、ときには写真も添えて、紹介される。

ツメクサの花輪、ささぶね、紙でっぽう、ハンカチのネズミ、指もぎの手品、くもった窓ガラスにこぶしと指で描く足跡、絵かきうた。まったく忘れていたけれど、言われてみれば、やったことがある、というものが、驚くほど多い。

大人が読む、あるいは読んだ上で子供に教える、といったつくりの本だが、各々の遊戯のやり方を説明する簡潔で正確な記述の底に、面白いから知りたい、楽しいからやりたいという、遊びへ向かう子供の姿勢に同調する著者の思いが強く響く。たぶん、そのせいで、日本に伝わる遊びを今後とも継承していきましょう、という表向きの主題よりも、遊戯自体の愉悦が先に立つ一冊となっている。

そのことを象徴するのが、末尾を飾る「おとうさんの胸の音」だろう。文字どおり、お父さんの胸に耳をくっつけて、心臓の音を聴いてみよう、というだけのことで、着物姿の父親と、膝に抱かれて父のほうを振り向く女の子の写真が付されている。この父娘が、実は加古自身とその娘であることを、つい最近読んだ『だるまちゃんの思い出　遊びの四季』の口絵によって、わたしは知ったのだが、それはともかく、初読時、この結末には不意をつかれた。

父が子の頭部を胸に抱くしぐさは、世界の広い範囲に共有されるものだろうし、その際に子供が親の心臓の音に気づくのも、特定の文化圏にかぎったことではないのだから、その点では「日本伝承の」という括りから逸脱しているのだけれど、おそらく加古にとって、この項目の主眼はむしろ、大人の体もまた、子供にとっては、タンポポや紙ひこうきと連続性をもつ「あそび」の素材なのだ、というところにある。遊びと名づけてはいなくても、振り返ってみれば、心音に気づいて驚いたり、耳を押し当てる位置を変えて音量や振動の変化を面白がったりする、あれはたしかに、遊びの一種だった。

ただし、相手は必ずしも「おとうさん」でなくてもいい。だれかしら近しい大人がいればできる遊びであることを、戦中に育ち、さらにセツルメント活動に身を投じて、さまざまな境遇の子供を見てきた加古は、意識した上で、この項目を巻末に置いたに違いない。

こうして、偶然手に取った本書を通じて、最晩年の集大成『伝承遊び考』全四巻へとつながる、遊びの記録者としての加古里子を、わたしは知ったのだった。

上記の『だるまちゃんの思い出　遊びの四季』は、福井県の武生《たけふ》で少年時代を過ごした加古自身の遊びの思い出と、各地での伝承遊戯の調査とを踏まえたエッセイだ。ここで彼は、子供たちがいかに、大人と関係なく、ときには大人に抗して、自分たちだけの世界を構築していく存在であるかということに、繰り返し注意を促す。

わたしが花祭りに参加して眺めたり、お雛粥について読んで想像したりした、子供ならではの身ぶりを、加古はそれらの文章のなかで、実に明快な言葉で解き明かす。たとえば、子供が相撲のような遊びを好むのは「生物本来の闘争本能」によるのだといったことを言い出す教育者や研究者に対し、そういう考えは子供にとっては困るのだ、と反論する。なぜか。

子ども達は何のことはない、手をからませたり、体をすりよせて、ごろごろするから面白いのである。猫の子じゃあるまいしといわれる方があるかもしれないが、猫や犬の子とおなじように、肌をよせ、体温をぬくもりを互いに接しあっていることが、子ども達にとってとても楽しいことなのである。

（「すもうごっこすもう遊び」）

なにか面白そうなものを見つけたときに、わっと集まっては押し合いへし合いする子供たちの動きは、たしかに、この接触自体の喜びにあずかっているのだと考えれば、しっくりくる。加古はさらに展開して、いわゆる戦争ごっこも、子供たち自身にとっては、こうした体のぶつかり合いの延長線上にある、と述べる。したがって、戦争の真似をするとはけしからん、と子供を批判するのも、戦争に資する闘争心を養っておおいにけっこう、と子供を賞賛するのも、遊びと戦争とを混同している点で、大きな問題がある。

加古は言う。そもそも戦争とは、「経済的利益組織とその権力者」が、自国民を他国民に敵対させ、前線の兵士には闘争心を強要して、殺戮と略奪と支配を目論むものである以上、遊びと同一視できるわけはない。攻撃するなら、戦争ごっこをする子供ではなく、戦争をする大人に矛先を向けるべきだろう。子供たちは、大人たちのあいだに広く出回る言葉を採用するのが常だから、戦中は自分たちのじゃれ合いを戦争ごっこと名づけ、「天皇陛下バ……」と言いかけて死ぬ真似をしていた。けれども同時に、出征する兵士たちの、一向に勇ましくない「さびしい顔のつらなり」を、「馬さえさびしい長い顔をしていた」ことを見てとり、それらの顔の意味するところを、あやまたず理解してもいたのだ（「兵隊ごっこ戦争ごっこ」）。

言い換えるなら、子供の遊びは、大人のつくった現実の鏡であるとともに、その現実に対する批評としても読まれうる、ということになるだろう。子供の数の足りない山村の祭りもまた、わたしたちが、この半世紀、なにをしてきたのかを告げている。

株分けと民話

五月の夜、仕事から帰ると、郵便受けに種入りの封筒の束が投函されていた。農家で竹細工作家のSさんだ。ホーリーバジルの種ができたら分けてほしいと、昨夏のうちに頼んでいた。届いたのは、ホーリーバジルのほか、ルッコラ、イタリアンパセリ、ディルの種。それぞれ自家採種したものが、たっぷり納めてある。蒔き時だからと、ついでに分けてくれたのだ。

Sさんが去年採種したホーリーバジルは、その前の年にわたしが種をあげた。その後、わたしのほうで採種しそびれたので、今年もらったわけだ。一昨年まで育てていたものは、元々、だれに種をもらったのだったか。秩父に来たころからお世話になっているAさんだと思うけれど、どうだろう。何年も経つと、種の出どころはぼんやりしてくる。

折を見て、土を整え、Sさんにもらった種を植えたところ、ルッコラは二日ほどで芽を出して、たちまち食べられる大きさになった。イタリアンパセリは、ゆっくりと成長している。封筒にまだたくさん種が残っているから、服飾デザイナーのRさんに連絡してみると、ほしいというので、次に会うときにもっていく。Rさんからは以前、フェンネルの種と、ブルーマロウの苗をもらい、ブルーマロウは去年よく咲いた。こぼれ種から、この春たくさん芽が出たので、二、三本、Aさんにあげた。

植物のやりとりは、知り合いが相手とはかぎらない。去年は、駐車場の隅に見事なサルビア・ガラニチカを咲かせる床屋に声をかけて、奥さんから株をもらった。別の日、散歩中に、まだ春も浅いのにツツジらしき花が鮮やかに咲きほこる庭の前を通りかかったので、手入れをしている女性に品種を教えてもらい、ミツバツツジというその花の名所が近くにあることも教わり、さらに庭木のことをいろいろ話すうちに、もしツバキの苗がほしければ、実生がたくさん出て困っているから差しあげますよ、と言ってくれた。逆に、わたしが自宅の庭で作業している最中に、花を見に入ってきた初対面の相手から、このノイバラを挿し木で増やしたいので枝をくれないかと、頼まれたりもする。

いろんなひとと、いろんな種や球根や苗や株や挿し穂を、あげたり、もらったりした話は、いくら話しても、尽きることがない。植物を育てるひとは、大抵、そうなのではないか。

植物そのもののもつ性質が、こうした関係を引き起こす。なぜなら、条件が整ったとき、植物は、際限なく枝や茎が伸びたり、無闇に株が増えたり、無数の種をつけたり、無数の芽を出したりするからだ。間引き、摘心《てきしん》、剪定、収穫。植物の世話はつねに、減らす作業とともにある。

手持ちの空間に納まりきらないほど増殖したものを手放すのだから、遠慮でも社交辞令でもなく、文字どおり、もらってくれればありがたい。これは等価交換と異なるのはもちろんだが、財産をあえて譲り合うことで互いに負荷をかけ、社会の紐帯を保証するような贈与のイメージとも、少しずれる気がする。より緩く、軽く、不定形に拡散されていく感じ。ないところにはないが、あるところにはあふれている、となれば、求めたり、あたえたりするのに、悪びれる必要もない。世間話とともに、草木は手から手へと渡っていく。

『オーウェルの薔薇』で、レベッカ・ソルニットは歴史的に上流階級の文化として発達してきた庭園の政治性を論じる。管理された区域で自然を模倣する企てが、本来あった自然の収奪と同時に進められる、というこの見立ては、広い土地の所有を前提とする議論で、イギリスの田園に住まう貴族や地主層が対象だから、日本なら公家・武家屋敷や寺社の庭園が相当するのだろう。

＊

そうした豪奢な庭園から、猫の額《ひたい》ほどの民家の植栽まで、庭の規模や形態は幅広いが、ただ、土いじりは、土地所有者だけのものではない。園芸を楽しむ人々、と聞いて、わたしがまず思い浮かべるのは、むしろ日本の都市部における、土地をほとんどもたない庶民の手になる路地園芸だ。彼らの営みが、株を分け合う関係の上に成り立っていることは、たとえば、いとうせいこうと柳生真吾の『プランツ・ウォーク』の記述が示している。

二人が都内各所で植物を見て歩きながらおこなった対談の記録だが、十二箇所の散策地のうち、押上《おしあげ》、根津、羽田の三箇所は、主に路地園芸の実況中継となっている。さまざまな草木の鉢で玄関先を埋めつくしたり、歩道の植えこみに勝手に花を足したりといった、市井の人々の闊達な園芸活動を、ときに住民に声をかけながらリポートしていく。トロ函《ばこ》とポリバケツが植木鉢の代替品として常用され、栽培種としては押上ではアロエとクンシラン、羽田ではビワとイチジクが目立つなど、地域差もふくめて路地園芸の具体的な様態が言語化された、楽しく貴重なドキュメントだ。

　とりわけ園芸愛好家の多い押上の路上で、二人は「やっぱりこの辺の人たちはみんな花を交換し合ってるんだろうね」「そうだね、どこに行っても同じものがあるもんね」と確認しあう。そのあと出会った花屋に、地域住民が「自分で増やして人にあげて」いるのではないか、と柳生がたしかめると、花屋は肯定するばかりか、「うちにもくれます」と言うので、全員が笑い、いとうは「成り立たないじゃないか、商売が！」と返す。

　増えた植物を隣近所へ無償で配布しあう関係性は、まさしく、商売とは次元を異にするもので、であればこそ、下町の路地園芸は、散財することなく継続できる、つつましい娯楽となる。安売りに出ていた萎れかけの鉢も、食べた果物の種から芽吹いた苗も、だれかからもらってくれと言われて引きとった株も、面倒見がよければ、手許で大きくなり、ものによっては毎年、美しい花や果実を生む。

　大袈裟なのはわかっているけれど、芽や花や実を次々と出現させ、どこまでも伸びていく植物の姿を眺めていると、打ち出の小槌か、話すたびに口から真珠やダイヤモンドやバラの花がこぼれるペロー童話「仙女たち」の女の子を見るような、不思議な気持ちにつつまれずにはいられない。宝物は無限にある、という気がしてくる。

＊

　手許にある植物の株を、声をかけ合って、分ける。散った株が、それぞれの場所に根づいて、そこからまた、散る。この感じから思い浮かんだのは、植物の本ではなくて、小野和子の『あいたくて　ききたくて　旅にでる』だった。

一九六九年以来、宮城県とその周辺の村々で民話採訪をつづけてきた著者が、八十歳になったのを機に手製本を制作した。「『民話』の足もとで見え隠れしたものを記し」たという、その本の増補版である本書は、著者の言葉どおり、いわゆる民話集ではなく、民話の「足もと」、つまり、民話を語り語られる関係が生まれる現場を、さらに言えば、現場に立つ相手と自分の心身の動きを、丹念に見つめたものだ。

村で出会った見知らぬお年寄りに、子供のころ聞いて覚えている昔話があれば聞かせてください と、単刀直入に尋ねる方法を、ずっと著者は取ってきた。当たり障りのない話で相手の心を開かせて、いつの間にか喋らせる、といった搦め手は、できないし、したくない。

突然の申し出だから、当然、拒絶される場合が多いのだが、物好きだねえ、暇だねえと呆れられて、それでも、なにかしらの話をしてくれることがある。いわゆる各地に伝わる昔話ではなく、自分の思い出話だったり、笑い話だったりする。そういった話を、民話ではないと切り捨てず、著者は大事に聞く。むしろ、ここにこそ「民話の芽」がある、と言う。

そのうちのいくつかが、本書に書き起こされている。たとえば著者が「気と木」と名づけた話は、お茶飲みに集まったおばあさん四人への、昔話を請う著者の問いかけに、働きづめでそんな話はしたこともされたこともない、あるのは苦労話だけだと口々に答えたあと、一人が話してくれた体験談だ。

四十歳になるかならぬかのころ、天気のよい日に、夫婦で炭焼きの準備をしていた。穴を掘ったなかに木を組みあげて火をつける「伏焼《ふせや》き」という方法で、非常にきつい作業を、一日中、二人きりで進める。自分が次々と木を「ゴテ（亭主）」に渡し、ゴテはそれを組んでいく。すると「ぽかぽか陽気でしゃ、ゴテのやつ、その気になっちまったんだねえ」。そこで「おい、気、あっかぁ」と、穴のなかから亭主は叫ぶ。こちらは「木」のことだと思って、「ああ。まだ、あるある」と木を渡しつづける。何度言っても伝わらないのに業を煮やした亭主は、とうとう「そっちの木でねぇ。こっちの気だ」と、「褌《ふんどし》、べらりはずして見せた」。それでやっとわかった。語り手が大笑いして、話は終わる。

「んでぇ、やったのか、真っ昼間によう」

みんなは語ったおばあさんを囃し立てた。

「やらいでか」

語った人も顔を紅潮させて、若やいだ声で答える。

ああ、これは立派な民話だ。これこそ民話ではないか。わたしは感激した。炭焼きの労働のつらさを語る中からこの話は誕生した。若い者にしかできないつらい労働の日々を、夫婦の蜜月の時間に置きかえてしまうたくましい力、これが民話の根底を支えているのではないかと思った。胸が熱くなった。

不意に顔を出した艶笑譚から、著者は目を背けない。「昔のひと（あるいは、田舎のひと）はおおらかだ」などと言ってごまかしたりもしない。代わりに、話の素地となる労働のつらさ、その労働を耐えられるものに変換すべく交わされる民話——文字どおり、民の話の、根源的な役割に思いを馳せる。

実は、このとき集った四人のおばあさんのうち、賑やかに笑い喋るのは三人で、一人は、ただじっとしていた。ほかの三人が「この人は苦労がひどかったから、もう口きかなくなった」「石みだぐなってしまった」と教えてくれる。もはや苦労話すら受けつけないほどの辛苦の上澄みとして、民話の世界があることを知らされ、著者は慄然とするのだ。

この姿勢は、本書に通底する。民話は、家族みんなが温かく和やかに暮らす、ある程度裕福な家庭で育まれ、親世代から子へ、孫へと語り伝えられるものだ、という専門家のあいだの通説に、著者は疑問を抱く。実際、彼女が出会った語り手たちは、そのような立場にない者が多い。

上記のお茶飲みで四人が集まった家の主であるおばあさんは、地元の宿屋の主人によれば「四十くらいの時、狐に化《ひ》かされて、以来、あまり人と付き合わなく」なり、「山裾の一軒家で一人暮らしをして」きた。別の村の、ヤチヨさんという女性は、貧しい小作農の家に生まれ、七歳から年季奉公に出て、子守をしながら、村はずれに一人で住む「おばあ」のところで昔話を聞き覚えた。

飼った動物への哀惜を著者に語る二人のおばあさんも、それぞれ労働に明け暮れた人生を送っている。犬のカロとともに農作業にいそしんだかのさんも、九歳で入った奉公先で馬のクロカゲを託されたはるさんも、生活がきついからこそ、仕事の相棒でもある動物に情を寄せ、出会いから別れまでの成りゆきを、切々と著者に語った。作為をもって物語にしたのではなく、自分のなかで反芻するうちに、ひとつづきの物語になってしまった、そういう語りだ。

他方、規夫さんという男性は、大地主の跡取り息子で、祖母からたくさんの昔話を聞かされて育ったが、あまりに大事に扱われて、農作業も山遊びもいっさい許されず、共同体の生活から切り離されたまま、家庭をもち、年老いた。複数の世代が同居する富裕な家という点では、民話の語り手が育つ典型的な環境とされるものに合致するが、はたして、彼の生き方は、温かく和やか、と呼べるかどうか。子にも孫にも語らず、身のうちにしまいこんでいた昔話を受けとってくれる聞き手の登場を規夫さんは喜び、著者の訪問を待ちわびるのだが、地域社会の中心にいながら疎外され「異端」として生きざるをえなかった彼が漂わせる「一種の寂しさ」に、著者は目を向ける。そして、民話を話すときの語り口に滲む「皮肉っぽい軽妙な味」の面白さが、彼の寂寞と地続きであることを見抜く。

経済状況であれ、家庭環境であれ、その他どのような背景によるものであれ——いや、突き詰めれば、背景はあまり関係なく、もっと普遍的なものなのかもしれない——苦しさ、寂しさをかかえた人間に、小野和子は引き寄せられるようだ。そのような土壌があってこそ、ひとは語る。

民話といえば、「むかしむかし」と語り出される「笠地蔵」や「猿蟹合戦」や「花咲か爺」を思い起こす人が多いだろう。現にこのわたしだってそうだった。そして、陽だまりの縁側で綿入れの胴着を着た年寄りが、孫に語って聞かせているのどかな風景を思い起こす人も多いだろう。

だが、実際にわたしが歩いて聞く「話たち」は、ほとんどまとまりがなくて、なにかの断片のようなものが多かった。いや、話というよりはつぶやきのような、ため息のような、傷口のような、そんなものばかりを、わたしは聞いてきたような気がする。

聞こうとするひとがいて、話は伝えられる。そして、受けとったひとの手許に残る。その話は、語るだれかにとってそうだったように、受けとるだれかにとっても、生きるつらさをしのぐ糧になるかもしれない。伝統の継承といったこととはまったく別のレベルで、受け継がれ拡散する宝物である「話たち」は、わたしにはやはり、手から手へ渡っては枝葉を伸ばす草木と似たものに見える。

十代の読書

十代のころの自分の姿を思い返してみると、ベッドの上に両膝を立てて座り、膝に文庫本を載せ、背をまるめてページを覗きこむように読んでいるところが、頭に浮かぶ。背中や座骨のあたりが痛んでくれば、後ろへ背を倒してヘッドボードにもたれたり、片脚だけの立て膝にしたり、あぐらをかいたりする。そうやって、夜、自室で本を読んだ。

夜が更けて、いよいよ体を起こしているのがつらくなってくると、横になる。腹ばいに寝て、両肘をついて、ヘッドボードに本を立てかける。もしくは、横向きに寝て、片肘をついて手のひらで頭を支えた涅槃像《ねはんぞう》の体勢を取り、もう片方の手でページをめくる。肘が痛んできたら、仰向けに寝て、腕を上へ伸ばして本をもつが、これはすぐに腕が疲れるので長くはやらない。しばらく経つと、どう寝ても肘か腰に負担がかかるのが気になってきて、本から目を離さずにふたたび上半身を起こし、座った姿勢に戻ることもある。そのうちに、夜が明ける。

大人の体型に近づいて、腰まわりが重くなると、支えなしに両膝を立てて座る姿勢は保ちにくくなってくる。実家の居間には、応接セットの一部として、小ぶりな揺り椅子があった。これだと、両膝を立てて座面に足の裏を載せる座り方をしても、自然に重心が最適な位置に移るので、腰に負荷がかからない。気に入っていたが、居間では落ち着かないので、いつか自分の部屋に置けたら、と思っていた。

秩父の家に来てから、何度か中古の家具を買った隣町の古道具屋で、あるとき、修復中の品物が置かれた作業部屋に、形のいい揺り椅子を見かけた。全体に細身で、肘かけの木のなめらかな曲線に品がある。店主に聞くと、ちょうど張り替えが終わったところで、売り物だという。座面の裏側には、秋田木工株式會社のシールが貼られていた。となると、新品なら手が出せない価格のはずだ。中古でもわたしには充分、値が張ったけれど、たぶんこれ以上好ましい揺り椅子に出会うこともなさそうなので、手に入れた。

だからいまは、集中して読みたいものがあるときは、仕事部屋の窓辺にある揺り椅子に、膝を立てて座って、読む。夜中につづきを読むときは、昔と変わらず、寝床に本を持ちこむ。

加藤周一は『読書術』で、寝て読むことを推奨している。パリの「ある詩人」が、寝台ですることは寝るか愛するかのふたつしかない、と言ったのに対し、加藤は「読書はまさにその二つの行為に似ている」と考える。読書も睡眠も、ともに閉じた、薄暗い、静かな空間がふさわしい。また、いっとき社会から孤絶して一人の相手との関係に入りこみ、こちらから働きかけたり、相手の策略に応じたりするのだから、読書は性愛に似ている、と。たしかに、先ほどわたしがこまごまと記した読書の姿勢は、読み直すと、寝相の話のようでもあり、体位の話のようでもある。

この加藤の記述は、権威主義と結びつく「端座書見」の考え方を茶化す意図もふくんではいるが、それだけではない。なぜ「本は寝て読むもの」なのか。彼は言う。読書は「精神の仕事」である。だから、没入すれば「寝食を忘れる」。これを推し進めるなら、いっそ身体そのものを忘れたほうが読書には都合がよいわけで、もっとも楽な姿勢を取ることは、身体を忘れることを可能にしてくれるのだ。

寝台に横になる、深い椅子にかける、畳に座って柱にもたれる。加藤が挙げる「楽な姿勢」の例は、わたしの体が記憶しているものと、ほぼ変わらない。そして、彼の言うとおり、読むあいだ、わたしは体を忘れている。痛みによって体が存在を主張しはじめると、姿勢を変えて、ふたたび忘れられるようにする。開いた本と、本を読む目のあいだに、ちょうどいい距離が保たれることを、体のその他の部分が邪魔しないように。うまくいけば、体は消えて、わたしは本のなかにいる。

＊

二十代半ばまでのわたしは、読めない本が多かった。テキストからなる本は、文学作品、主に小説を読んできたが、高校二年生くらいまでは、日本語に翻訳された外国の小説を読むことができなかった。元から日本語で書かれた小説を読むのはなんの支障もないし、小学生時代の一時期をインターナショナル・スクールで過ごして英語で教育を受けたので、英語で書かれた小説を原書で読むことも、ある程度はできる。ところが、英語等から翻訳された日本語は、それらとはまったく違うもので、読もうとしても、文意がつかめない。そのころの感覚を正確に呼び起こすことは、いまのわたしにはもうできないけれど、言ってみれば、文を構成する言葉が互いに噛み合わず、切り離されたまま並べられていて、有機的な総体をなすように見えない、という感じだったと思う。四角く並んだ文字は壁に似て、なかに入る術《すべ》はなかった。

しかし、高校に入ってしばらく経つと、あるとき、ふと翻訳文が読めるようになった。学校の英語教育を通じて、英語文法を日本語文法に変換する際の決まりごとがわかってきたせいもあるかもしれない。そこで、翻訳による外国文学を読みはじめ、英語以外の言語で書かれた作品にも関心が向いていった。

こうして、高校時代の後半からは、日本語の文学も、他の言語から日本語に訳された文学も読んでいったのだが、文学作品でないものを読むことが難しい状態は、もっとあとまでつづいた。より具体的には、言葉が現実世界の事象を直接に伝えうる透明なものと見なされている文章が読めない。いわゆる実用書は、文章が長くなってくると読めず、新書も大抵は無理で、言葉の不透明性に支えられているもの、日常と地続きの伝達機能とは別の価値が固有の文体に結実していると感じられるものだけが、なんとか読み通せた。無論、こんな切り捨て方は、幼さゆえでもあるのだが、大学までそれで通して、研究書を参照しない卒業論文を書いた。

実家の六畳の自室にこもって、夜じゅう本を読んでいたわたしには、そうせざるをえない理由があった。当時は、はっきりとそのように意識していたわけではないけれど、振り返ってみて、そう思う。

現実はいつも、なにかしら苦しい。本のなかに入ると、自分の体は消えて、自分の日常と重なる要素をもちつつも日常そのものとは異なる、一種の並行世界が体験される。だからわたしに必要なのは、没入できる本だった。現実に軸足を置いて解説する文章ではなく、現実を描写することで別の次元に移し替えるような文章。その次元に入りこみ、しばらくそこで過ごして、戻ってくることで、現実は多少、しのぎやすくなる。

文学は役に立たない、といったことを、元より文学に縁のないひとが言うのはともかく、直接関わる立場のひとまでもが自嘲らしく口にするのは、どういうわけだろう。もしもわたしが訊かれたなら、自分には役立った、と答えるほかない。自分の心身の重荷を、どこか自分と似た別世界の住人に託すことで乗りきった、その結果として、わたしはいま、ここにいる。

文学の言葉のもつ力に近づこうとするうちに、それが研究や翻訳の仕事となり、わたしは多様な種類の本を読むことができるようになった。それでも、ひどくこたえることがあったときは、深く潜りこめそうな本を選んで、揺り椅子かベッドに身を沈める。わたしが読む理由は、いまも根本的には変わらない。

＊

ひさしぶりに、志賀直哉を再読してみようと思った。中学から高校にかけて、自分のかかえるもどかしさと波長が特に合うと感じた作家だ。短篇「或る朝」は、祖母に育てられた作者自身の記憶を反映させた作品だが、祖母を自分の親に重ねれば、同じような経験は、いくらでも身に覚えがあった。

早起きせねばならない日の前夜、祖母に早く寝るよう言われるのに、信太郎は遅くまで本を読む。翌朝、何度も起こしに来る祖母に苛立つ。もう起こしに来なければ起きようと思っているのに、また来るから、わざと起きない。とうとう起きるが、癪に障る気分が直らず、祖母につらくあたり、喧嘩になる。けれども祖母は間を置いて、わざととぼけたことを言いに来る。

信太郎は笑う。次いで、急に涙が出てくる。泣くと、すっきりする。

この展開は、わかる、というひとと、まったくわからない、というひとに、分かれるのではないかと思う。中学生のわたしは、自分のことかと思うくらい、よくわかった。癇癪もち、あまのじゃく、泣き虫、と断罪される側の内実を、こうして物語のなかで追体験できるだけで、助かった。

志賀の作品は、短篇でも長篇でも、自分の癇の強さに振りまわされる話が多い。こうしようと自分で決めたのと違うことを急に言われたりすると、混乱して、頭に血がのぼる。あまり不用意なことを言うべきではないけれども、今日の言葉で言えば、一種の発達障害にあたるのかもしれない。目論見と違う状況に苛立ち、感情を制御できなくなったとき、自分がなにをするかわからない恐怖が、「剃刀」「児を盗む話」など、初期のいくつかの短篇を駆動させる。

ただ、ひさびさに読み直してみて、志賀において重要なのは癇性の表現だけではなく、むしろその先だ、と感じた。中学のころにそこまで気づいていたかは、覚えていない。でも、なんとなくわかっていたような気がする。

「或る朝」は、信太郎が癇癪を起こしたところで終わらない。祖母がさりげなく方向転換を図ってくれて、信太郎の感情の暴走は、笑いと涙をもって収まる。さらにそのあと、彼が隣の部屋へ行くと、弟妹が賑やかに遊んでおり、弟の屈託のないでんぐり返しが結末に配される。ささやかながら、ここには、和解と幸福とが書かれている。

感情の乱れを乗り越えた先に、和解がある、という主題を、志賀は繰り返し書く。『暗夜行路』において、時任謙作の心を乱すものは、まず、出生の秘密とそれに起因する父との不和という、家族をめぐる問題だ。そのような心的圧迫に連動して現れる痫癪の発作もまた、彼を悩ませる。しかし、いずれも、彼の不幸な運命を決定づけることにはならない。

たとえば、出生の秘密、というのは、彼が父方の祖父と母とのあいだにできた子であることを指す。本書の中盤で謙作はそのことを兄から知らされ、父が自分に対して冷たかったり、結婚の話がなぜか流れたりしてきたわけを把握する。とはいえ彼は、家族全員に誕生を呪われるような環境に生まれたわけではない。父方の祖父母(この祖父が実の父であるわけだが)は当初、父に黙ったまま、母に堕胎手術を受けさせようとした。ところが、母方の祖父が「あなたはこの上にも罪を重ねるおつもりですか」と激怒した。そこで、父に赦しを乞うて、この子を産むことになった。つまり、彼は、曲がりなりにも、彼が生まれることを肯定する者があって生まれてきたのだ。

さらに、謙作が結婚するとき、もう一人の老人が、彼の出生を肯定する。直子に結婚を申しこむにあたり、謙作は知人を介して、相手方の家族に自分のかかえる事情を伝えてもらう。すると、直子のおじにあたる老人は「それはその人物の問題にて、却ってその為め奮発する底《てい》の人物なれば左様な事は少しも差支えなきものと信ずる」との返事をよこす。本人次第でそうした事情はよい方向に働く、と請け合うのだ。謙作は感動する。

その後、母の郷里を訪ねて、母方の家族のことをなにも知らないと気づいたとき、謙作は「然しそれでいいのだ。その方がいいのだ。総ては自分から始まる。俺が先祖だ」と思う。血のしがらみを描きつつ、それを断ち切って幸福に向かおうとする動きを作者はたどっていく。

いま読み返して、目に留まるのは、こうした主題を扱いながら、志賀にはミソジニーの傾向があまり見られないことだ。上記の祖父と母の「不義」にしても、産むにせよ堕ろすにせよ女性にすべての責任を負わせるのが常套と思われるところ、母方の祖父は「あなたはこの上にも……」という台詞によって、舅が嫁であるわが娘を襲ったことを、双方の「間違い」ではなく舅の罪として明瞭に非難すると同時に、娘の妊娠を恥として扱うことを拒否する。

保留すべき部分は、もちろんある。謙作はとりわけ、癇癪が病的に亢進したとき、妻の直子に暴力をふるう。ただ、近親者たちは直子を介抱しつつ、謙作の行為を病によるものと正しく見定めて気遣うとともに、直子に対する邪険な扱いをいさめ、他方、直子は理路整然と謙作の身勝手を指摘する。謙作はいったん家を出て、伯耆《ほうき》に借り暮らしをすることに決める。暴力は暴力としても、同時代の多くの男性作家が無自覚に披瀝する女性蔑視とは、相当に異なる態度がここにはある。

この側面を象徴する場面が『和解』に収められている。父との長年の不和が乗り越えられる過程を綴った自伝的な物語のなかに、おそらく、近代日本男性作家の手になるものとしてはきわめて稀な、妻の出産の詳細な描写が挿入されるのだ。

妻が真夜中に産気づく。家には看護婦一人しかいない。電話で産婆を呼ぶが、間に合わないかもしれない。時間からいって友人宅へ逃げるわけにもいかないので、いざ分娩となれば、自分は庭にでも出ているつもりだ。夫が立ち会わないという「昔からの習慣」には、なにか理由があるに違いない。妻は「醜い顔、醜い姿勢」を夫に見せたくないだろうし、自分もそういう顔や姿勢を見るのはよくないと思う。それに、妻の苦痛をじっと見ていたくもない。

ところが、産婆が来ないうちにそのときが来て、彼は看護婦に呼ばれる。

「奥さんの両方の肩をしっかり持って上げて下さい」
自分は直ぐ枕元に坐って妻の両方の肩を大きな手でしっかりと抑えてやった。妻は両手を胸の上で堅く握り合わせて全身に力を入れている。妻は少し青白い顔を顰めて、幾つにも折ったガーゼを一方の糸切歯で、堅く堅く嚙んでいる。妻の顔は不断より美しく見えた。それは或る一生懸命さを現していた。
〔…〕
水が少し噴水のように一尺程上がった。同時に赤児の黒い頭が出た。直ぐ丁度塞《せ》かれた小さい流れの急に流れ出す時のようにスルスルと小さい身体全体が開かれた母親の膝と膝との間に流れ出て来た。赤児は直ぐ大きい生声《うぶごえ》を挙げた。自分は亢奮した。自分は涙が出そうな気がした。自分は看護婦の居る前もかまわず妻の青白い額に接吻した。

「出産、それには醜いものは一つもなかった。〔…〕総ては美しかった」と語り手は結ぶ。出産は醜い、出産する女は醜い、という刷りこみが目の前で塗り替えられるさまを刻々と記したこの場面の素直さは、胸を打つ。

ソルボンヌ・ヌーヴェル・パリ第三大学では、出産をめぐる人文・社会科学諸分野を横断する研究プロジェクト、「Birth(ing) Stories」を展開しており、その一環として、二〇二二年には世界の文学における出産および授乳にまつわる記述をリスト化する計画を発表した。近代文学史における女性身体の表象が、性的対象としてのものに極端に偏っており、それ以外は隠されてきた、という事実を前提とする企画であることは言うまでもない。一九一七年時点で、性的なほのめかしも、おどろおどろしい脚色も、また抽象的な理想化も一切なく、ただ産む営為そのものの美しさを男性作家が描いた『和解』の叙述は、貴重な範例となるのではないだろうか。

志賀は、一方では自らの精神の不安定さを、他方では家族関係の葛藤を、乗り越えようとする者を描いてきた。彼が志向するのは、独身者的なニヒリズムや、マチズモ的な他者の抑圧による「解放」ではなく、女性や子供をふくむ相手とのフェアな関係性を徐々に構築することによる「和解」だ。出産の肯定は、そのひとつの現れと見なしうるだろう。「小説の神様」という呼称が先行して、志賀直哉は、なにか古風で道徳的な、権威と結びついた作家と目されることが多いようだ。けれども、欺瞞のにおいのする「良識派」といった見方よりもずっと正当な、また今日的な意味で、彼の「倫理」を、あらためて語ることができるのではないか。

わたしのころも、いまも、若い世代に差し出される近代日本文学の「名作」は、乙女か妖婦にしか女性の価値を認めないミソジニストにあふれている。しかし、中学生のわたしは、妻を妻として描く志賀の文学に身を寄せた。彼の描く生活者たちは、懊悩や矛盾や失敗をどうしようもなくかかえながら、同時に、自分の足で、明るいほうへ歩いていこうとする。この地道な明るさへの意志を読んだほのかな記憶が、長く離れているあいだも、わたしを見守ってくれた気がする。

消される声

家の庭のバラを、少し奥まった地域にある山寺の花祭りに使いたいと春に声をかけてくれたAさんと、先日、別の用件で話したところ、その花祭りのことを書いたわたしの文章を、バラ好きの伯母が読んで喜んでいた、と教えてくれた。わたしが育てているバタースコッチという品種の色や姿をよく知る彼女は、あの微妙な色味のバラが灌仏会の花祭りに使われたということに、特別の感慨を抱いたらしい。バラ好きのひとの視点を新鮮に感じた。

自分の書いたものや、訳したものについて、ひとを介して伝えられた感想が、心に残ることがある。十五年前、マリー・ンディアイの児童書『ねがいごと』の翻訳を出版したとき、二人の研究者仲間から、それぞれ個別に、妻が読んでとても気に入っていた、と言われた。ぼくよりも、むしろ妻のほうが……といった口調だった。直接の友人である男性を飛びこえて、その後ろにいる女性に届くとは、想像していなかった。嬉しかった。

フランス文学という、比較的女性に近しい分野であっても、やはり研究者はいまもって、男性が多い。だから、専業主婦だったり、他業種で働いていたりする彼らの妻は、わたしのいる場所から見ると、陰に隠れていて、親しい友人なら「家族ぐるみ」の付き合いになることもあるけれど、大抵は、知り合わずに終わる。Iくんの配偶者とは、その後、一度お宅にお邪魔して、長く話したから、いまはもう「Iくんの奥さん」ではなく、名前で呼ぶことができる。

「Yくんの奥さん」とは、まだ会ったことがない。

ンディアイがはじめて来日した際のトークイベントに、研究者仲間の「彼女」が不意に来て、声をかけてくれたこともあった。何度か一緒に飲んだけれど、いつも酒席の与太話で、一対一で話したことはほぼなかったはずだ。でも、その日は一人で来てくれた。翻訳小説は読みにくくて、ふだんはあまり読まない、でもンディアイの『心ふさがれて』は全然「翻訳くさくない」し、とても感動したと、真剣な目で語った。その後、わたしは彼女に会っていない。

ンディアイの作品は、薄暗い場所に置かれる女性や、子供や、出自その他の属性が周囲と異なる者の身体を、そのような場所に置かれたことのないかぎり書けないような筆致で書く。『ねがいごと』は、児童書らしく大団円で終わるとはいえ、貧しい国の子を裕福な国の夫婦が育てる国際養子縁組のはらむ問題や、親子の愛情が課す束縛など、複雑な主題を扱う。それをンディアイは、両親が剝き出しの「こころ＝心臓」に変身するという、ファンタジーのような、しかし考えようによってはホラーのような設定に託すことで、故郷から切り離され、見当違いの「豊かさ」をあたえられる子供の孤独を、五感にじかに訴える物語として描いていく。

子供向けでない作品では、作中人物たちのこうむる暴力はより激しく、容赦なく書かれ、権力関係は錯綜する。短篇集『みんな友だち』、長篇小説『心ふさがれて』の翻訳刊行の際、いろいろな書評や、読者の反応を聞いた感じでは、ンディアイの作品については、ひたすら暗くて気味が悪くて救いがない、と言うひとと、暗いようでいて不思議と希望を感じる、と言うひとに分かれ、雑駁な印象にすぎないけれど、前者は男性、後者は女性が目立って多かった。わたし自身は、つねに後者の読み方をしていたから、むしろ、ひたすら暗い、という感想に驚いた。描かれる痛みを、どのくらい身近な、切実なものとして体感するかにかかっているのかもしれない。

だから、ンディアイの書いたものが、社会の表側に立つ男性たちの壁を乗りこえて、女性の手に着地するのは、いわば必然なのだ。その女性が、わたしと直接の関わりが薄い、だれかの「奥さん」だったり「彼女」だったりするのは、まさに男性社会によって女性が分断されていることの証左だろう。ンディアイのような作家が、ごく細い糸で、わたしたちをつなぐ。

『心ふさがれて』の翻訳をめぐる、知り合いづての反響として、もっとも忘れがたいのは、だれかの「お母さん」からのものだった。Tくんのお母さんが長い感想を送ってくれた、と母がメールを転送してきたのだ。Tくんは中学校の同級生だが、お母さんは非常に教育熱心なひとで、息子の学歴をあらかじめ決めてしまっているようなところがあった。ほとんど話したこともないわたしは、朗らかではあるけれども主にわが子の勉強に興味があるお母さん、と、いささか類型的に捉えていたと思う。

母が『心ふさがれて』のことを、たまたま会った彼女に伝えたのは、単に彼女の息子と同級だった娘が訳したから、という程度のことで、そもそも相手がそういった本を読むひとなのかどうかも知らなかったようだ。ところが、彼女が母宛に送ってきた感想文は、感銘を受けた、という気持ちがあふれている上に、深みのある批評にもなっていて、唸らされる指摘がいくつもあるので、わたしは驚愕した。「Tくんのお母さん」は、文学が好きなひとだったのだ。

筆致からして、相当の作品を読んできたはずだ。これほどの読解ができるなら、もし研究者になっていれば、よい仕事をしたのではないか、と思った。なりたい、と考えたことはなかったのだろうか。ひょっとすると、彼女があれほど息子のキャリアにこだわったのは、彼女自身の憧れの投影もあってのことだったのか。

自身がどのような能力や志向をもっていようと、それらを封じて、嫁・妻・母の役割に専念せざるをえないのが「普通」だった年代だ。それは同時に、社会的な属性の違いを超えて、「文学」が少なからぬひとにとって生きる支えになっていた時代でもある。だれかの「お母さん」ではない、自分の名前と筆跡をもつひとの横顔が、ンディアイの小説に感電したようにして綴られた文面の向こうに、はじめて垣間見えた気がした。胸が熱くなった。そして、やるせない気持ちにもなった。

いったい、性差別的な社会構造によって、どれほどのすぐれた文章が、生まれることなく葬られてきたのだろう、と思う。書かれてもよかったはずの言葉が、この世界を満たしている。

＊

朝日新聞の「ひととき」もまた、わたしにとって、見知らぬ女性からの言葉が届く場所だった。女性の一般読者による投稿欄だが、「声」欄と違い、明確な主張というよりは、随筆にあたるもので、日常のちょっとした出来事の報告もあれば、切羽詰まった訴えもあった。

忘れられない投稿がひとつある。書き手は主婦だった。彼女は、なんでも完璧に仕上げないと気が済まない性格で、作業量の非常に多い家事を毎日つづけていたところ、追いこまれて、精神が壊れかけた。しかし、土壇場で、四十八時間で一日だと思うことにすればいい、と考えついた。そこで、掃除や洗濯から、自分の洗顔、風呂まで、それまで一日のうちにこなしていたあらゆる作業を、二日かけてやることで、乗りきった。

壮絶な状況がひしひしと伝わる文章だった。風呂も二日に一度、というラディカルな決断に衝撃を受けたが、彼女はそうやって、自分を犠牲にした無償労働に食いつくされる寸前に、自分の完璧主義と折り合いのつくようなひとつの発想に行きつき、自らを救い出したのだ。

わたしは、どうしても時間が足りなくなって、焦りかけたときに、彼女の文章を思い出す。実際に同じことをするのは難しいとしても、あんなふうに切りぬけたひともいた、と思っておくと、少し気持ちが落ち着く。読んだのは、たぶん、二十年近く前で、記事が手許にないので、記憶違いがあるかもしれない。けれども、記憶のなかで変容した部分もふくめて、彼女の書いた言葉は、わたしを助けうるものとして、いつもどこかにしまってある。

「朝日新聞デジタル」の記事（二〇二〇年十二月三〇日）によると、「ひととき」の誕生は一九五一年。家庭面に、日々の生活のなかで女性の考えたことを送ってもらう投稿欄を設けようという、東京本社・影山三郎デスクの企画は、当初、作家に依頼した随筆を作文例として掲載した上で、同様の投稿を歓迎する旨を書き添えるつもりだったが、一般女性が新聞掲載に足る文章を書けるわけがない、と社内で反対に遭い、投稿募集の文言を削らざるをえなかったという。しかし、趣旨を理解した女性たちが、自ら投書を送ってきたことから、この欄はあらためて投稿欄として出発した。まさに、このときの社内の反応に象徴される性差別的な抑圧によって、公に響くことのなかった声が、紙上を通じてひとの耳に届けられるようになったのだ。

居住地域も職業も家庭環境も経済状況も、実に多種多様な女性たちに、自分で書く、という可能性を示した「ひととき」は、一九五〇年代から今日にいたる女性の生の現場を、本人たちの言葉で伝える草の根の記録として、ジャーナリズム史にとっても貴重な資料となっている。いま、一九八五年に三巻組で刊行された朝日新聞学芸部編『「ひととき」30年』(『家族の風景』『おんなの暦』『おんなの心』)をめくっていると、次々と重ねられる女性たちの声を通して、この間に変わったことと、しかしそれにも増して、創設から七十年を経た今日もなお変わらないことが、眩暈《めまい》のするような密度で交錯する。

幅広い女性の就労が強く肯定された戦後間もない一時期のあと、夫が稼ぎ妻が家事と子育てのいっさいを担う家族モデルが国の意向として喧伝され、二十五歳、三十歳をすぎれば、職場を見つけることは困難になっていく。今後の生活への不安を綴る一人親や単身女性、手に職をつける希望をつぶされた主婦の声は、高度経済成長の物語の陰で、止むことがない。

もちろん、『「ひととき」30年』の三冊が出た一九八五年は、男女雇用機会均等法制定の年でもあるから、女性の就職にまつわる制度は、このあと、大きく変わるのだが、とはいえ、制度の背後で、抑圧はつづく。二日を一日と見なして窮地を脱した女性が投稿したのは、二十一世紀に入ってからのはずだが、彼女がこのような状態に陥ったのは、なによりも、ケア労働が無価値化・不可視化されているためだろう。負担が負担と見なされないがゆえに、限度も見えなくなる。この点に関しては、一九五〇年代の女性の訴えが、ときに、まるで今日の発言であるかのように響くほど、問題は相変わらずそこにある。

それにしても、わたしは、彼女たちそれぞれの、筆跡の個性に目が行く。

大阪本社で一九五三年から八年近く「ひととき」欄を担当した平井徳志は、当時の採用方針について、テーマを重視した、と述べる。そして、将来、研究資料となる場合に「その時代の女性の物の見方、考え方、表現力」が歪んで伝わることのないよう、訂正は「誤字とテニヲハ」に留め、それ以上は原稿に手を入れなかった（『おんなの暦』）。ほかの地域もおおむね同じ方針が採られていたものと推測され、そのため各投稿の個性がはっきりと見える。

です・ます調で、きちんと男女同権への道を説くひと。だ・である調で、わが子との関係を軽妙に語るひと。敬体と常体の混在が、書きつけられた迷いに、かえって真実味をあたえているひと。女性の話し言葉を模した饒舌な文体で、夫を操る妻の特権を露悪的にひけらかしてみせるひとがいるかと思えば、会社の接待で買春ツアーに出かける夫を黙って送り出す苦痛を、消え入るような声で訥々《とつとつ》とつぶやくひともいる。

そして、ときに、出色の文章が紛れこむ。

＊

『おんなの暦』に、「ポールにつながれた子」と題する、一九七二年十月二十日の「ひととき」欄に掲載された投稿が収められている。ある小さな洋裁店の前に、いつも幼児が街灯のポールに帯でつながれて、一人で遊んでいるのを見かける。母親の姿は見えず、ほったらかしと思しい、という内容だ。母親としていかがなものか、という主旨の文章だが、直接そうは書かず、犬だってこの子に出会えばやさしくなめてやるかもしれない、などと遠回しに皮肉る修辞の使い方といい、末尾に置いた親の心得を説くバーナード・ショウの引用といい、投稿者はそれなりに学のあるひとのようだ。しかし、それ以上のことはない。

ところが、その次に収録された記事は、同年十月二十七日付の「ポールの子はわが娘」。二十日の投稿を読んだ洋裁師本人が、うちの娘のことが掲載されていたので、と返答を送ってきたのだ。

彼女は書く。子供の面倒を見ながら働く者は必死だ。保育園は制約が厳しいから、自宅勤務の自分は、預けない選択をした。だから、子供は家にいるのだが、とはいえ仕事がある以上、始終相手をするわけにはいかない。


「おんも、おんも」の声が胸に痛い。日がまるで当たらないわが家から見える向かい側の家々や道端に降り注いでいる陽光があざやかだ。外へ行けない日の少時間を主人の柔らかなへこ帯で子どもをゆわえて遊ばせることにした。犬、ネコのさただと思う人は思えばよい。子どもは両手をあげて帯を結ばせ、喜んで遊ぶ。私もその間、仕事がはかどろうというものである。店から見える安全地帯であることはいうまでもない。


子供の声や動作、日光などの感覚的な描写、重ねる文のリズムと語尾のバリエーション。一文ごとに主語が移りゆく流れのなかに、先の投稿であげつらわれた点に対する反駁がぴたりと嵌めこまれている。唖然とする筆力だ。

彼女は、公の場で自分を非難した投稿者に向かって、直接に言葉をかけることはない。代わりに、こう書く。

子どもの幸せを思わない親などいない。四十歳近くになって恵まれた一人きりの子どもである。毛皮でなでるような育児を受けて一般教養を身につけ、類型的な家庭婦人として微温的人生を過ごすのも幸せなことである。しかし、より深い次元に生きることを望む子どもであってほしいとも思う。

相手のいかにも良識派的な物言いに痛烈な反撃を加えつつ、当てつけを当てつけに終わらせず、子供にとっての幸せとはなにか、という本来の問いにつつみこむ。苛烈な文章だと思う。

彼女は「ひととき」に、望んで投稿したのではない。言いがかりをつけられて、やむなく書き送ったのであり、そうでなければ、この文章は存在しなかった。

彼女を非難した相手をふくめ、「ひととき」の多くの投稿が実名を掲載するのに対し、彼女の記事の末尾には「東京都中野区・匿名・洋裁業」としか記されない。洋裁師として日々働き、子供を育てながら、彼女はなにを読んでいたのだろうか。このあとも、ものを書く機会があっただろうか。

一九七二年に四十歳前後ということは、存命なら、九十歳をすぎたところか、と考えながら、わたしはいつの間にか、名前のない彼女の、届くはずのない文章を待っている。

渋谷の勤務先では、わたしの研究室は十三階にある。最初に案内されたとき、こんなに高い場所で過ごすことができるのかと不安になった。室内には、スチール製の書架やデスクのまっすぐな輪郭線が、互いに平行に並ぶか、直角に交わるばかりで、その全体が蛍光灯に冷えびえと照らされ、地面はあまりに遠い。生きているものがいない、というのが、最初の印象だった。学内のあちこちに、サンセベリアの鉢があり、わたしも同僚から株を分けてもらった。きわめて丈夫で、乾燥に強く、一か月以上、水をやらなくても生き延びる。長期休暇を考えれば、たしかに、こういう植物でなくては置けない。葉の微妙なうねり、まだらな濃淡のある緑色に、ほんの少し、部屋の空気はやわらいだ。と同時に、自分はいま、こんなに極端に乾いた熱帯地方の草木が求めるような環境にいるのか、とも思った。

駅から、職場までの道は、コンクリートで塗り固められている。わたしは、ビルの周囲の植栽や、敷石の隙間から生えた草を、視線で伝うようにして歩く。途中、ＪＲの線路沿いを通るので、刈られずに放置された背の高い草がフェンスに絡んでいるのを眺めることもできる。

秩父に越してからは、渋谷駅周辺の空気の淀みが、ますます体にこたえるようになってきた。排気ガスと埃のにおいに、下水や、料理油や、人工香料が混じり、吸いたくないので、息がしにくい。よほど急ぐ場合でなければ、少しだけ遠回りして、氷川《ひかわ》神社を通るルートで職場へ行く癖がついた。境内には、明治通り側の鳥居から、石段をあがった先の社殿にかけて、幹が両腕に余るほど太いスダジイの大木が並ぶ。

大都市の住宅街で、はるか見あげる高さの鬱蒼とした木々が残され、かつ、だれでも入ることのできる場所を求めると、大抵は寺社にたどりつく。東京西郊の延々とつづく住宅街を電車の窓から見渡すときも、範囲は狭いながら高さと密度のある緑のかたまりが、寺や神社の場所を示す。岡谷公二は『原始の神社をもとめて』で、木立そのものを聖域とする沖縄のウタキや済州島のタンを、社《やしろ》に先立つ信仰の場として論じていたが、今日の東京でも、ある意味では、宗教的な聖域が木々の聖域になっている面があるだろう。変わらない風景として長く親しまれてきた大規模な緑地ですら、責任をもつべき自治体が公共性の概念ごと売り渡すかのように再開発の刃の下に差し出す時代にあっては、なおさらだ。

木立は、のっぺりした道路や、ぎらつく高層ビルから、わたしを隠してくれる。木陰の涼しさや、葉ずれのざわめきや、木漏れ日の模様や、土の匂いにつつまれると、胸は鎮まる。風にはつねに微細な強弱や向きの変化があり、光は把握しきれない不規則な斑文を描く。古い敷石は、手刻みなのだろう、むらのある彫りあとの凹凸を足裏に伝える。

細かく複雑な変化に満ちた空気を、わたしは充分に吸いこむ。それから、直線と直角とで構成された、金属とガラスと樹脂の建築物へ入っていく。

＊

生きているもの、うねるもの、絶えず変化するものを指して、有機的なもの、とひとまず呼んでみるとき、わたしが思い出すのは、一九〇〇年生まれのスウェーデンの詩人・作家、カリン・ボイエの『カロカイン』（冨原眞弓訳）だ。この小説のなかで、ある女性は語り手に向かって「有機的《オルガニスク》なものは組織化《オルガニセラ》の必要がない」と言う。

一九四〇年に発表された『カロカイン』は、訳者あとがきによれば、かつては中高等教育の必読書扱いだったほど、スウェーデンでは広く読まれてきた。近未来に舞台を設定した、いわゆる反ユートピア／ディストピア小説の系譜に連なるもので、スターリンのソビエトと、ヒトラーのドイツとの両方を実際に訪れて強い印象を受けたボイエの、全体主義体制に対する危機感が反映された作品だ。

『カロカイン』の語り手は、〈世界国家〉に仕える化学者、レオ・カール。地下に築かれたこの軍事国家では、家庭内にまで公安警察の〈眼〉と〈耳〉と呼ばれる装置が設えられ、隣人同士の告発が推奨されている。国家の安全を保証するこうした監視体制に全面的に賛同するレオは、注射されるや胸に秘めた事柄をすべて話してしまう自白剤の開発に成功し、自分の姓を取って「カロカイン」と名づける。実用化されれば、国家を脅かす危険分子の摘発は格段に容易になるだろう。レオは早速、「自発的犠牲奉仕団」から派遣された被験者を使い、薬剤の効果をたしかめていく。

公安警察の協力のもと、実験は順調に進められ、やがて、カロカインを打って話させた反体制的思想をも国家への反逆と見なし、処罰の対象とする新法の制定にいたる。いまや望んでいたとおりの名声を手に入れようとしているレオだが、実は、実験開始以来、漠たる不安に苛まれつつある。カロカインを注入されたうちの何人かが、奇妙なことを語り出すのだ。

はじめのうち、レオは反体制的な地下組織の存在を疑うが、そのようなものがあるわけではないらしい。彼らは、まとまった集団をなしているわけではなく、指導者も、目的もなければ、互いのことを知っているわけでもない。ただ、ある者は握手という「大昔の風習」を教わり、ある者は行進に役立たない奇妙な歌を歌い、ある者は周囲の人々にすべてをあたえつづけた人物の話を伝え合う。あぶくが水面のあちこちに浮かんでは、小さくはじけるように、そういうことを話す人々がいる。

「有機的《オルガニスク》なものは組織化《オルガニセラ》の必要がない」とレオに言ったのは、そうした被験者の一人だ。ばかばかしい、と切り捨てつつ、他方でレオはなぜか、彼らの発言にひどく動揺する。その動揺は、レオが身近にかかえるもうひとつの不安、すなわち、落ち着いた物腰で彼の毎日に寄り添う妻のリンダから見つめられるときに感じる不安と、つながっていく。

現代の悪を突きつめた先にあるものを、来《きた》るべき社会の仕組みとして想像し、翻って現代を照らし出す、というのがディストピア小説の基本的なあり方だとして、『カロカイン』もそのひとつであることは間違いない。ただし、自白剤を主題とする本作は、未来の人間を取り巻く外的な装置よりも、彼らの内面に焦点を絞る。完璧な自白剤の発明という設定によって得られるのは、通常の小説であれば内的独白にあたる記述が、直接話法の台詞にあふれ出す事態だ。

架空の管理社会のシステムを詳細に組み立てることは、おそらく、ボイエにとっての一番の関心事ではない。彼女は、強権的なシステムなり、そのシステムに拮抗する別のシステムなりといった、一貫した論理に基づくまとまりではなく、むしろ、そのようなまとまりから逃れようとする動きに、目を注ぐ。したがって、〈世界国家〉の体制を揺るがす言葉は、ひとつの体系をなす「思想」ではなく、散発的で個別的な、「組織化」されることのない発見の集積としてのみ、浮上する。

そして、物語の終盤で、レオは、一番近くにいながら本心を知りえなかった妻のリンダが、あの被験者たちと同様、異質な言葉を喋り出すのを、聴くことになる。彼女もまた、別のものの見方に気づいた人々の一人だったのだ。

ほかのそうした人々と同様、リンダも、構造化された明確な「思想」を述べはしない。語られるのは、子供を産んだときのこと、産んだ子が育っていくのを見るときの驚き、子供が〈国家〉のものでも親のものでもないという感覚、そして、自分自身には把握できない出来事が自分の体を介して成就されることの嬉しさ。そうしたことを、途切れとぎれに話しつつ、彼女は、自分の意志を超える、なにかより大きなものを、樹木にたとえる。

「[…]自分のなかにべつの存在が生きている。……すでに特徴的な、……すでに固有の独自性をそなえて。……しかも、わたしには変えたくても変えられない。……わたしは花を咲かせる枝で、根っこや幹のことはなにも知らない。でも、未知の奥深いところから、樹液がのぼってくるのはわかった……」

こうした考えが、たとえ断片的であろうと、すべてを〈国家〉の所有物と見なす体制への反逆にあたることは、語るリンダも、それを聞くレオも、充分に理解している。けれども、妻の話を聞き終えたとき、レオは思わず、「そう、そうなんだ！」と叫びそうになる。彼女の言葉が表そうとするものを、実は自分も求めていたことに、はじめて気づくのだ。

リンダは、自分の見出したことを共有できる仲間を探したい、とレオに言う。その人々のことを、彼女は「子どもを生むことの意味をわかりはじめたひとたち」と表現する。

「あたらしい世界が生まれて育つかもしれない。……男であっても女であっても、子どもを生んだ経験があってもなくても、〈母〉であるようなひとたちから。でも、彼らはどこにいるの？」

ザミャーチンの『われら』でも、オーウェルの『一九八四年』でも、ハクスリーの『すばらしい新世界』でも、あるいはアトウッドの『侍女の物語』でも、全体主義的なシステムに抵抗しようとする者は、過去を拠り所にする。過去（書き手／読み手にとっての現在）には存在していたが、現在（書き手／読み手にとっての未来）では失われてしまった自由なり人間味なりを、取り戻そうと目論む。

『カロカイン』でも、体制にとって異質な言葉を語る人々は、手を触れ合う「大昔」の挨拶をしたり、失われたはずの叙情的な歌を歌ったりする。しかし、過去への参照はあくまで感覚的な断片に留まり、過去の品物や景色への総体的な憧れとして意味づけられることはない。夢みられるのは、想像しがたく、言葉にしがたく、固定化されない、いままでにない「あたらしい世界」である。

といっても、それはあらゆる問題を一挙に解決するような、神がかったものではない。シニシズムも、ノスタルジーも、超自然主義に類するものも、その世界にはそぐわない。いわば、わたしに似ているようで似ていない子供の表情がもたらすような、ごく日常的で慎ましやかな「未知」の感触、揺れ動く生命の感触を重んじる世界こそが、とりとめのない言葉の向こうに、ほのかに浮かびあがるのだ。

抽象的な思想に回収されないよう、薄氷を渡るごとく慎重に足を運びながら、カリン・ボイエは、「組織化されない有機的なもの」の質感を、言葉にした。

＊

都市と木々、直線と曲線、空想の近未来と「有機的なもの」、といったことについて書くつもりで『カロカイン』を読み直すうちに、わたしはいつの間にか、自分が個人的な人間関係において精神に受けてきた打撃に応えるものとして、この物語を読んでいることに気づく。

全体主義国家の極限を描いたフィクションに、些細な個人の問題を重ねるのは、ずいぶんと大袈裟な話のようではある。けれども、わたしの内によみがえる記憶の数々は、性差別に基づく圧力によって刻印されたものだ。そう考えれば、トラウマ研究を介して、両者はつながる。

強圧的な国家によるものであれ、性や出自にまつわる差別を背景にしたものであれ、構造的な暴力のために個人の尊厳が深く傷つけられるかぎりにおいて、戦場の体験に苦しめられる帰還兵も、拷問の苦痛から逃れられない亡命者も、配偶者の暴力に晒された女性も、親からの性加害のなかで育った子供も、ひとつづきの領野で扱うことができる。これこそ、ジュディス・ハーマンが『心的外傷と回復』（中井久夫・阿部大樹訳）において主張したことだった。

また、たとえ今日の精神医学が規定する狭義のトラウマ体験には該当しなくても、社会的マイノリティが日常において差別的言動を繰り返し浴びることで、精神に深刻な影響を受けることは、宮地尚子が『トラウマ』で解説するとおりだ。たとえば植民地主義がそのような精神状態を蔓延させる装置であったことは、フランツ・ファノン『黒い皮膚・白い仮面』（海老坂武・加藤晴久訳）が激烈に訴えている。

だから、全体主義的な制度が人間を疎外する世界を描いたディストピア小説は、疎外される人間の視点から見るならば、トラウマの物語でもある。現に、ハーマンは、トラウマ反応の一様態としての解離を説明するにあたり、『一九八四年』の「二重思考《ダブルシンク》」概念を重要な参照項とした。岩川ありさ『物語とトラウマ』が扱うような、トラウマ的体験を記述した物語群に、ディストピア小説は間違いなく当てはまる。

『一九八四年』の九年前に刊行された『カロカイン』には、すでに「二重思考」に相当する身ぶりが書きこまれている。国家を肯定する言葉しか発することができず、異質な人々の言葉を耳にするたび頑なに否定してきたレオは、リンダが本心を打ち明けるにいたって、全身で相手の言葉を聴かずにいられなくなり、そこでいままで自分が、本当の意味での「聴く」ということをしてこなかったと自覚する――「これまで聴くという行為は、耳は耳の領分ではたらき、思考はべつの領分で仕事をし、記憶はきちんと情報をとりこみ、しかも関心はまったくべつの方面にある、といったぐあいに機能していた」。はじめて彼女の声だけに一心に耳を傾けたレオは、自分が彼女と同じ気持ちを抱いていること、別の世界を語る被験者たちに対する自分の苛立ちが憧れの裏返しであったことを知る。それでも唇を震わせるだけで、リンダに賛意を言葉で伝えることはできず、代わりに膝をつき、彼女の膝に頭をのせる。

こうしたレオの言動は、トラウマを受けた者の反応と重なる。彼は、国家の暴力に傷ついていた。だが、であればこそ、その暴力に耐えるために、傷つける側の国家に同調する自分を演じていた。そのことに気づいても、言葉を失っている彼は、新しい事態に対応する言葉を口にのぼせることができない。

この抑圧されたレオの状態と、リンダの子供をめぐる語りとが、わたし自身に刻まれた、別の傷を呼び起こす。

女の書き手は子供を産んだらおしまい。産むとみんな駄目になる。ある目上の男性からそう言われて、言葉を失った。わたしはそのとき、三十代だった。結局、子供を産まなかったのは、そう言われたせいだとは言わないけれど、そのせいではないからといって、また、かつてはありふれた台詞だったからといって、ひとの一生にかかわるこれほど重大な事柄に土足で踏みこみ、偽の選択を迫るのが暴力であることに変わりはない。

包丁を突きつけられたかのように感じたのに、わたしは相手から離れなかった。向こうに悪気はない。むしろこちらに好意をもっている。困ることよりも教えてもらえることのほうが多い。無自覚な侮辱の言葉で顔をはたかれる思いを何度もしたが、そのつど呑みこんで、相手に合わせた。雑に扱われると、かえって取り入ろうとする気持ちになる。距離を置けば、その構造が見えるけれど、渦中にいるあいだは見えない。

記憶が鮮やかで、考え出すと、喉が詰まる。ほかにひとのいない、目の前に虚空が広がるようなところへ行けば、少しは息が楽になりそうな気がして、日暮れどき、山頂に展望台のある蓑山《みのやま》へ向かった。山道を登りきって車を降り、遠くに連なる山々の上空を見あげる。

すると、空は思いがけず、青とピンクのグラデーションを描いていた。稜線すれすれに水色の帯が刷かれ、その上に淡いピンクが重なり、上へ行くにつれピンク色は徐々に薄れて、白へ、さらにごく淡い青へと溶けていく。地球影だ。山あいの町に住んで、この自然現象を知った。次第にグラデーションが不分明になり、全体が墨色に沈むまで、眺めていた。

自分が本当に望んでいたことを知ったレオも、空を見る。リンダの告白の翌晩、動揺がおさまらない彼は、地上の空気を吸おうと、門衛の許可を取り、地下都市から屋上テラスへ出る。すると、ふだんは戦闘機の爆音を轟かせる空が、なぜか、しんとしている。星空を見あげ、彼はその無限の広がりに眩暈を覚える。

そのとき、ある音が聞こえた。その気配はつねに感じてきたし、その働きを眼で確認もしたが、これまで一度も耳にしたことのなかったもの、そう、風である。軽やかな夜風が壁と壁のあいだをひっそりと吹きぬけ、屋上テラスの夾竹桃をそっとゆらしている。風の繊細なささやきはほんの数ブロックをみたしていたにすぎない。だが、わたしの意志力すべてを動員しても、この微風は夜の空間をくまなく包みこむ息づかいで、眠りのなかで子どもがため息をつくように、軽やかに、ごく自然に、暗い闇のなかから生まれでるのだ、というとてつもなく強烈な印象をいだかずにはいられなかった。夜が息をする、夜が生きている。そしてはるかな無窮のはてに、心臓のように脈打ちながら、振動する生気でつぎからつぎへと送りだす波で虚空をみたす星たちがみえた。

カリン・ボイエは、『カロカイン』を発表した翌年の一九四一年、スターリン体制の終わりも、ナチス・ドイツの終わりも見ることなく、四十歳で自ら命を絶った。彼女にとって永遠につづくと思われただろう時代は過ぎたが、その後も、ひとの尊厳を踏みにじる制度は、さまざまなかたちで、日々、わたしたちを圧《お》しひしぐ。

閉塞感に足を取られながら、それでもボイエは、言葉を残した。その言葉は、空の無限や、星の震えや、微かに吹く風を、新しい世界の予兆として——希望として受けとめるよう、わたしたちに促している。

参考文献一覧

＊本文中に言及のある書籍を挙げた。また、本文中に登場する作家等の関連書籍を加えた。
＊外国語書籍で日本語訳のあるものは訳書のみを示した。
＊古典的著作等で現行版が複数あるものは一点のみ示した。

■朝日新聞学芸部（編）『おんなの心　「ひととき」30年』、朝日文庫、一九八五年。
■朝日新聞学芸部（編）『おんなの暦　「ひととき」30年』、朝日文庫、一九八五年。
■朝日新聞学芸部（編）『家族の風景　「ひととき」30年』、朝日文庫、一九八五年。
■アトウッド、マーガレット『侍女の物語』、斎藤英治訳、ハヤカワepi文庫、二〇〇一年。
■阿部日奈子『野の書物』、インスクリプト、二〇二二年。
■飯野和好『ねぎぼうずのあさたろう』、全十一巻、福音館書店、一九九九‐二〇二〇年。
■飯野和好『ふようどのふよこちゃん』、理論社、二〇〇五年。
■飯野和好『みずくみに』、小峰書店、二〇一四年。
■飯野和好『どろだんごとたごとのつきまつり』、BL出版、二〇一五年。
■飯野和好『おせんとおこま』、ブロンズ新社、二〇一六年。
■生田武志『いのちへの礼儀　国家・資本・家族の変容と動物たち』、筑摩書房、二〇一九年。
■いとうせいこう／柳生真吾『プランツ・ウォーク　東京道草ガイド』、講談社、二〇一一年。
■絲山秋子『忘れられたワルツ』、新潮社、二〇一三年（のち河出文庫）。
■絲山秋子『薄情』、新潮社、二〇一五年（のち河出文庫）。
■絲山秋子『夢も見ずに眠った。』、河出書房新社、二〇一九年（のち河出文庫）。
■今森光彦『空とぶ宝石　トンボ』、福音館書店、一九九八年。
■岩川ありさ『物語とトラウマ　クィア・フェミニズム批評の可能性』、青土社、二〇二二年。
■岩波書店編集部／名取洋之助（編）『埼玉県　新風土記』、岩波写真文庫、一九五五年。
■内山昭一『昆虫食入門』、平凡社新書、二〇一二年。
■オーウェル、ジョージ『一九八四年』、高橋和久訳、ハヤカワepi文庫、二〇〇九年。
■大原富枝『大原富枝全集』、全八巻、小沢書店、一九九五‐一九九六年。
■大原富枝『婉という女』、講談社文芸文庫、二〇〇五年。
■小鹿野町役場秘書企画課（編）『ふるさとの味を訪ねて』、小鹿野町、一九九三年。
■岡谷公二『原始の神社をもとめて　日本・琉球・済州島』、平凡社新書、二〇〇九年。
■小野和子『あいたくて　ききたくて　旅にでる』、PUMP QUAKES、二〇一九年。
■小原佐和子『秩父　山の岸辺』、私家版、二〇二〇年。
■加古里子『日本伝承のあそび読本』、福音館書店、一九六七年。
■加古里子『伝承遊び考』、全四巻、小峰書店、二〇〇六－二〇〇八年。
■かこさとし『だるまちゃんの思い出　遊びの四季　ふるさとの伝承遊戯考』、文春文庫、二〇二一年。
■風間サチコ『予感の帝国』、朝日出版社、二〇一八年。
■加藤周一『日本文学史序説』、上下巻、ちくま学芸文庫、一九九九年。
■加藤周一『読書術』、岩波現代文庫、二〇〇〇年。
■金子兜太『金子兜太集』、全四巻、筑摩書房、二〇〇二年。
■神谷俊美『東京綺譚　神谷俊美写真集』、窓社、二〇〇六年。
■菊畑茂久馬『菊畑茂久馬著作集』、全四巻、海鳥社、一九九三－一九九四年。
■北杜夫『どくとるマンボウ航海記』、新潮文庫、一九六五年。
■木村友祐『野良ビトたちの燃え上がる肖像』、新潮社、二〇一六年。
■ギャリコ、ポール『ジェニィ』、古沢安二郎訳、新潮文庫、一九七九年。
■草木屋『食べる・つかう・あそぶ　庭にほしい木と草の本　散歩道でも楽しむ』、農山漁村文化協会、二〇二一年。
■草野心平『草野心平詩集』、豊島与志雄編、新潮文庫、一九五二年。
■草野心平『草野心平全集』、全十二巻、筑摩書房、一九七八－一九八四年。
■草野心平『草野心平詩集』、入沢康夫編、岩波文庫、一九九一年。
■草野心平『口福無限』、講談社文芸文庫、二〇〇九年。
■草野心平『酒味酒菜』、中公文庫、二〇一七年。
■グッドマン、ダイアン・J『真のダイバーシティをめざして　特権に無自覚なマジョリティのための社会的公正教育』、出口真紀子監訳、田辺希久子訳、上智大学出版、二〇一七年。
■クレマン、ジル『動いている庭』、山内朋樹訳、みすず書房、二〇一五年。
■クレマン、ジル『ジル・クレマン連続講演会録　庭師と旅人「動いている庭」から「第三風景」へ』、エマニュエル・マレス編、秋山研吉訳、あいり出版、二〇二一年。
■クレマン、ジル『第三風景宣言』、笠間直穂子訳、共和国、二〇二四年。
■黒田夏子『ａｂさんご』、文藝春秋、二〇一三年。
■黒田夏子『組曲　わすれこうじ』、新潮社、二〇二〇年。
■河野多惠子／富岡多惠子『嵐ヶ丘ふたり旅』、文藝春秋、一九八六年。
■小林茂『秩父　山の生活文化』、言叢社、二〇〇九年。

■今和次郎『日本の民家』、岩波文庫、一九八九年。
■阪田寛夫『武者小路房子の場合』、新潮社、一九九一年。
■笹岡啓子『PARK CITY』、インスクリプト、二〇〇九年。
■笹岡啓子『FISHING』、KULA、二〇一二年。
■笹岡啓子『SHORELINE 1 秩父湾』、KULA、二〇一五年。
■笹岡啓子『Remembrance 三陸、福島 2011-2014』、写真公園林、二〇二一年。
■ザミャーチン、エウゲニー『われら』、川端香男里訳、岩波文庫、一九九二年。
■サン＝テグジュペリ、アントワーヌ・ド『星の王子さま』、田久保麻理訳、A・スリジエ他編『星の王子さまの美しい物語』所収、飛鳥新社、二〇一五年。
■シィエス『第三身分とは何か』、稲本洋之助・伊藤洋一・川出良枝・松本英実訳、岩波文庫、二〇一一年。
■シェパード、ナン『いきている山』、芦部美和子・佐藤泰人訳、みすず書房、二〇二二年。
■志賀直哉『和解』、新潮文庫、一九四九年。
■志賀直哉『暗夜行路』、上下巻、新潮文庫、一九五一年。
■志賀直哉『清兵衛と瓢箪・網走まで』、新潮文庫、一九六八年。
■島崎藤村『夜明け前』、全四巻、岩波文庫、二〇〇三年。
■清水武甲『秩父』、木耳社、一九六九年。
■清水武甲／千嶋壽『秩父路50年』、新潮社、一九八六年。
■ソルニット、レベッカ『オーウェルの薔薇』、川端康雄・ハーン小路恭子訳、岩波書店、二〇二二年。
■高橋茅香子『ひとりのときに』、horo books、二〇二二年。
■高橋秀男他（監修）『樹に咲く花』、全三巻、山と渓谷社、二〇〇〇－二〇〇一年。
■瀧波ユカリ『臨死!! 江古田ちゃん』、全八巻、講談社、二〇〇六－二〇一四年。
■長塚節『土』、新潮文庫、一九五〇年。
■南木佳士『阿弥陀堂だより』、文藝春秋、一九九五年（のち文春文庫）。
■南木佳士『熊出没注意 南木佳士自選短篇小説集』、幻戯書房、二〇一二年。
■南木佳士『猫の領分 南木佳士自選エッセイ集』、幻戯書房、二〇一二年。
■南木佳士『根に帰る落葉は』、田畑書店、二〇二〇年。
■ばーとん、ばーじにあ・りー『ちいさいおうち』、いしいももこ訳、岩波書店、一九六五年。
■ハーマン、ジュディス『心的外傷と回復』（増補新版）、中井久夫・阿部大樹訳、みすず書房、二〇二三年。
■ハクスリー、オルダス『すばらしい新世界』、大森望訳、ハヤカワepi文庫、二〇一七年。
■畠山直哉／ブルクハルト、バルタザール『二つの山』、二つの山展実行委員会、二〇〇六年。
■ビュルガ、フロランス『そもそも植物とは何か』、田中裕子訳、河出書房新社、二〇二一年。
■ビレテール、ジャン・フランソワ『北京での出会い もうひとりのオーレリア』、笠間直穂子訳、みすず書房、二〇二二年。
■ファノン、フランツ『黒い皮膚・白い仮面』、海老坂武・加藤晴久訳、みすず書房、一九九八年。
■深沢七郎『深沢七郎集』、全十巻、筑摩書房、一九九七年。

■藤枝静男『ヤゴの分際』、講談社、一九六三年。
■藤枝静男『藤枝静男著作集』、全六巻、講談社、一九七六－一九七七年。
■藤枝静男『悲しいだけ・欣求浄土』、講談社文芸文庫、一九八八年。
■藤枝静男『田紳有楽・空気頭』、講談社文芸文庫、一九九〇年。
■フローベール、ギュスターヴ『三つの物語』、谷口亜沙子訳、光文社古典新訳文庫、二〇一八年。
■ペロー、シャルル『完訳　ペロー童話集』、新倉朗子訳、岩波文庫、一九八二年。
■ボイエ、カリン『カロカイン　国家と密告の自白剤』、冨原眞弓訳、みすず書房、二〇〇八年。
■前田速夫『「新しき村」の百年　〈愚者の園〉の真実』、新潮新書、二〇一七年。
■松浦理英子『犬身』、朝日新聞社、二〇〇七年（のち朝日文庫）。
■［間宮士信他（編）］『新編武蔵風土記稿』、全十二巻・索引篇、蘆田伊人編集校訂・根本誠二補訂、雄山閣、一九九六年。
■南良和『秩父から　南良和作品集』、日本経済評論社、一九八九年。
■宮沢賢治『新版宮沢賢治童話全集』、全十二巻、岩崎書店、一九七八－一九七九年。
■宮沢賢治『宮沢賢治コレクション』、全十巻、筑摩書房、二〇一六－二〇一八年。
■宮地尚子『トラウマ』、岩波新書、二〇一三年。
■武者小路実篤『新しき村について』、新しき村、二〇〇八年。
■室生犀星『庭をつくる人』、ウェッジ文庫、二〇〇九年。
■森崎和江『まっくら』、岩波文庫、二〇二一年。
■モントゴメリー、デイビッド／ビクレー、アン『土と内臓　微生物がつくる世界』、片岡夏実訳、築地書館、二〇一六年。
■山田広昭『可能なるアナキズム』、インスクリプト、二〇二〇年。
■ラミュ、C・F『パストラル　ラミュ短篇選』、笠間直穂子訳、東宣出版、二〇一九年。
■ラミュ、C・F『詩人の訪れ　他三篇』、笠間直穂子訳、幻戯書房、二〇二二年。
■ロビンソン、ジョーン『思い出のマーニー』、松野正子訳、上下巻、岩波少年文庫、一九八〇年。
■渡辺貫二（編）『年表形式による新しき村の八十年　自１９１８年～至１９９８年』、新しき村、一九九九年。
■ンディアイ、マリー『みんな友だち』、笠間直穂子訳、インスクリプト、二〇〇六年。
■ンディアイ、マリー『心ふさがれて』、笠間直穂子訳、インスクリプト、二〇〇八年。
■ンディアイ、マリー『ねがいごと』、笠間直穂子訳、駿河台出版社、二〇〇八年。
■Paulhan, Jean, *La vie est pleine de choses redoutables*, Lagrasse, Verdier, 1995.

初出一覧

＊特記のないかぎり、初出はすべてインスクリプト・ウェブサイト

■「常山木」……………………二〇二〇年九月十二日
■「巣箱の内外」………………二〇二一年一月二十四日
■「ふきのとう」………………二〇二一年三月六日
■「虫と本能」…………………二〇二一年四月一日
■「葛を探す」…………………二〇二一年五月一日
■「山の向こう」………………二〇二一年六月六日
■「モノクローム」……………二〇二一年七月七日
■「野ばら、川岸、青空」……二〇二一年八月三日
■「金木犀」……………………二〇二一年十月六日
■「霧と海」……………………二〇二一年十二月三日
■「ダムを見に」………………二〇二二年一月六日
■「荒川遡行」…………………二〇二二年一月三十一日
■「斜めの藪」…………………二〇二二年三月三日
■「草の名」……………………二〇二二年四月六日
■「バタースコッチ」…………二〇二二年五月八日
■「サルビア・ガラニチカ」…二〇二二年六月十五日
■「車輪の下」…………………二〇二二年七月十三日
■「雲百態」……………………二〇二二年八月九日
■「田園へ」……………………二〇二二年九月二十一日
■「土の循環」…………………二〇二二年十月十六日
■「よそに住む」………………二〇二二年十二月二日
■「本棚のある家」……………二〇二二年十二月三十一日
■「庭の水」……………………二〇二三年一月三十一日
■「山にたたずむ」……………二〇二三年三月二十四日
■「理想郷」……………………二〇二三年五月四日
■「花々と子供たち」（初出より改題）……二〇二三年五月二十七日
■「株分けと民話」……………二〇二三年六月二十九日
■「十代の読書」………………二〇二三年八月二日
■「消される声」………………二〇二三年九月三日
■「風の音」……………………書き下ろし

笠間直穂子（かさま・なおこ）

一九七二年、宮崎県串間市生まれ。東京大学大学院総合文化研究科単位取得退学。国学院大学文学部教授。フランス語近現代文学研究、仏日文芸翻訳。著書に、『文芸翻訳入門』（フィルムアート社、共著）、『文学とアダプテーション』（春風社、共著）、『鳥たちのフランス文学』（幻戯書房、共著）ほか。訳書に、M・ンディアイ『みんな友だち』、『心ふさがれて』（第十五回日仏翻訳文学賞、ともにインスクリプト）、『ねがいごと』（駿河台出版社）、モーパッサン『わたしたちの心』（岩波文庫）、C・F・ラミュ『パストラル　ラミュ短篇選』（東宣出版）、『詩人の訪れ　他三篇』（幻戯書房）、J・F・ビレテール『北京での出会い　もうひとりのオーレリア』（みすず書房）、G・クレマン『第三風景宣言』（共和国）ほか。

山影《やまかげ》の町《まち》から

二〇二四年一一月三〇日　初版発行
二〇二五年　六　月三〇日　2刷発行

著　者　笠間直穂子
発行者　小野寺優
発行所　株式会社河出書房新社
〒一六二・八五四四
東京都新宿区東五軒町二・一三
電話〇三・三四〇四・一二〇一（営業）
〇三・三四〇四・八六一一（編集）
https://www.kawade.co.jp/

印刷・製本　株式会社暁印刷

Printed in Japan　ISBN978-4-309-03933-6